人生悟語

卷一

三書悟語

編　　輯　　陳小歡
實習編輯　　陳泳淇（香港城市大學中文及歷史學系四年級）
書籍設計　　蕭慧敏　Création 城大創意製作

「人生悟語」四字由香港著名書法家何幼惠先生題字。何先生為中國書協香港分會執行委員及大方書畫會會長，精於小楷，筆法雅淳秀逸。謹此致謝。

國際統一書號：978-962-937-435-8

出版
香港城市大學出版社
香港九龍達之路
香港城市大學
網址：www.cityu.edu.hk/upress
電郵：upress@cityu.edu.hk

Contemplating Life: Liu Zaifu's Meditation in a New Genre
Volume 1: Reflections on the Three Classics
(in traditional Chinese characters)

ISBN: 978-962-937-435-8

Published by
City University of Hong Kong Press
Tat Chee Avenue
Kowloon, Hong Kong
Website: www.cityu.edu.hk/upress
E-mail: upress@cityu.edu.hk

Printed in Hong Kong

目錄

序言——「新文體寫作」的意義

劉劍梅

我父親（劉再復）非常勤奮，數十年如一日地堅持「黎明即起」，每天早晨五點便開始寫作。從五點到九點，這是他的黃金時段，創造時刻。數十年的「一以貫之」，使他著作等身，僅中文書籍就出版了一百二十五種（五十多種原著，七十多種選本、增訂本、再版本）。我從讀北大開始，就喜歡他的片斷性思想札記，那時札記發表得並不多，但因我是「近水樓台」，所以還是讀了一些，比如《雨絲集》。出國之後，他思如泉湧，一發而不可收，竟然寫下了二千多段悟語（「獨語天涯」八百多段，「面壁沉思錄」四百多段，「《紅樓夢》悟語」六百多段，「《西遊記》三百悟」三百段，「雙典百感」一百段，各類人生悟語近一百段）。這些悟語，精粹凝煉，語短意長，每一段都有一個文眼，即思想之核。二千多則，可以視為「悟語庫」了。

我稱父親的悟語寫作為「新文體寫作」。所謂新文體，乃是指它不同於當下流行的小品、雜文、散文詩，也不同於隨想錄等文體。雜文較長，有思想、有敍事、有議論，而悟語則只有思想而沒有敍事與感慨。與散文詩相比，它又沒有抒情與節奏。與隨想錄相比，它顯得更為明心見性，完全沒有思辨過程，也可以說沒有邏輯過程。這種文體很適合於生活節奏快速的現代社會。我相信，那些忙碌又喜歡閱讀的智者與識者，肯定最歡迎這種文體，他們在工作的空隙中，在旅途的勞頓中，都可以選擇一些段落加以欣賞和思索，享受其中一些對世界、人類、歷史的詩意認知，達到事半功倍的效果。

我稱這些悟語為「新文體」是否恰當？可以討論。說它是「新」，乃是相對於流行的文體即論文、散文、雜文等，但如果放眼數千年的文學藝術史，我們還是可以發現，這種「思想片斷」的寫作曾經出現過。例如古羅馬著名的帝王哲學家馬可·奧理略（Marcus Aurelius）所寫的《沉思錄》（中文版由何懷宏先生所譯），便是他在軍旅勞頓中的哲學感悟，一段一段都是精彩的悟語。此書影響巨大，千年不衰，早已成為西方思想史上公認的名著。我覺得他寫的正是「悟語」。每一則都有思想，但沒有思辨過程。尼采（Friedrich Nietzsche）和羅蘭·巴特（Roland Barthes）也喜歡採用這種片斷式寫作來表述他們靈動的思想。魯迅的《熱風》，其文字形式正是尼采式的悟語。諾貝爾文學獎評委霍拉斯·恩格道爾（Horace Engdahl）在他的著作《風格與幸福》（中文版由陳邁平先生所譯）中，有一章題為「有關碎片寫作的筆記」，專門論述「悟語」這一革命性文體，談到歷代西方文學家各式各樣的「碎片寫作」。他認為「碎片寫作」是對立於體系寫作的一種寫作。它不求邏輯建構，而是像精靈一樣四處遊蕩，這些表面無序的不連續的文字，「是在無數個體的中心生出來的」。恩格道爾有一段精彩的定義：「碎片寫作的決定可以讓不同思想區域之間的自由移動成為可能。諾瓦利斯（Novalis）談到過『精神的旅行藝術』，在他的筆記裏這種藝術採用永遠處在回到一切涉及精神的事物的返鄉形式。這是一部飛翔着的百科全書。」[1]

儘管悟語寫作、片斷寫作已有前例，但我父親能寫出這麼多的感悟之語，實在不容易。況且他又有新的創造，例如評述中國四大名著的悟語，便有許多新的眼光和新的思路，無論是對《紅樓夢》、《西遊記》的禮讚，還是對《水滸傳》、《三國演義》的文化批判，都可謂入木三分，不同一般。文學評論、文化批判也可通過悟語進行，而且可以超越文本和擊中要害，這的確是一種有意思的實驗。可以說，父親對碎片寫作的思維空間進行了先鋒性的拓展。他認為，在人文科學中，文學只代表廣度，歷史呈現深度，哲學則可代表高度，而碎片寫作也可以在此三維度上加以發展。從廣度上說，以往的碎片寫作多半着眼於人生遭際中的感受，倫理色彩較濃。從孔子的《論語》到奧理略的《沉思錄》以至尼采，皆是如此。但他加以擴展，把碎片寫作運用到文學批評、文化批評、國民性批評和人類性批評。文學批評如對《紅樓夢》中的人物分析；文化批評如〈西遊記三百悟〉講「禪而不相」、「禪而不

1　〔瑞典〕霍拉斯·恩格道爾著，萬之譯：《風格與幸福》（上海：復旦大學出版社，2017），頁76–77。

宗」、「禪而不佛」等；國民性批評，如〈西遊記三百悟〉中的第二百九十八則和二百九十九則尖銳地批判了中國的國民性問題；人類性批評，如〈童心說〉涉及的是普遍的人性問題。從深度上說，悟語的深度來自他對歷史的認知與對世界的認知。歷史有表層結構，也有深層結構。深度主要是呈現於對深層歷史的認知和深層文學的認知。如〈雙典百感〉的第五十六則，揭露《三國演義》維護正統的旗號，實際上漢王朝已日薄西山，奄奄一息，美化劉備與抹黑曹操全是權術（騙人的把戲）。還有〈《紅樓夢》悟語二百則〉的第二百零五則，寫的並非歷史，但把文學的深度揭示出來了。至於他如何把碎片寫作推向哲學，看看〈紅樓哲學筆記三百則〉就明白了，其中每段都有一個小標題——無相哲學、自然的人化、情壓抑而生大夢、叩問人生究竟、色透空也透、立人之道、意象心學、棄表存深、通脫主體論、隨心哲學等——每一題都有哲學感悟，每一段均有所妙悟。在中國寫作史上，如此大規模地通過片斷寫作展示密集豐富的哲學思想，以前還沒有見過。

父親晚年近莊子和禪宗，他對自己在海外近三十年漂泊生活的領悟，以及對中國四大名著的重新闡釋，都採取「片斷悟語」的寫作形式，其實如同一段段「禪悟」，以心讀心，與古典名著裏的一個個靈魂對話，也同時與自己的多重主體對話，捕捉思想的精彩瞬間。他曾經這樣描述自己的悟語寫作：

在我心目中，「悟語」類似「隨想錄」與「散文詩」，有些「悟語」其實就是散文詩和隨想錄，但多數「悟語」還是不同於這兩者。隨想錄寫的是隨感，「悟語」寫的是悟感。所以每則悟語，一定會有所悟，有所「明心見性」之「覺」。隨想錄更接近《傳習錄》（王陽明），悟語更近《六祖壇經》（慧能）。與散文詩相比，「悟語」並不刻意追求文采和內在情韻，只追求思想見識，但某種情思較濃的「悟語」也有些文采，只是必須嚴格地掌握分寸，不可「以文勝質」，只剩下漂亮的空殼。[2]

我個人認為，父親的這種「新文體寫作」，跟他自一九八九年選擇海外漂流的「第二人生」有緊密的關係。這第二人生給他的最大收穫，就是獲得了內心的大自由，身心均得大自在。這種不再被政治權力、國家界限、世俗利益約束的內心大自由，不可能再用學院派的重體系、重邏輯、重理論的文學批評語言來表述，而必須找到實驗性更強、自由度更大的文體來承載他自由的心靈書寫，「悟語」或「碎片寫作」這種文體，給了他一種解放的形式，便於闡發一種屬於他自己的內心真實，而且他在瞬間感悟的真實都是他自身的多重個體的折射，於是，這種「新文體寫作」成了呈現他選擇的徹底的「心性本體論」的載體，如同他所說的：「佛就是心，心就是佛。佛不在寺廟裏，而在人的心靈裏。講的是徹底的心性本體論。慧能

2 劉再復：《天涯悟語》（北京：三聯書店，2013），頁404–405。

的《六祖壇經》説『自性迷，即是眾生；自性覺，即是佛』，所謂『覺』，就是心靈在瞬間抵達『真理』的某一境界，在心中與佛相逢，並與佛同一、合一。」[3] 這種「新文體」寫作——碎片寫作、悟語寫作，是對個體「瞬間領悟」、「瞬間覺悟」的記錄，是飛翔的思緒，是流動的靈光，是精神的自由旅行。

卷一至卷四的「劉再復新文體沉思錄」有兩項基本內容。第一部分體現了父親在海外漂泊的歲月裏不停地尋找「家園」及尋找精神皈依的旅程。從前的地理意義上的故鄉消失了，他需要重新定義自己心目中的家園，於是他在碎片寫作中，一邊叩問歷史和家國，一邊叩問「我是誰」；一隻眼睛看世界、看歷史，另一隻眼睛看自我——看被粗暴的時代分割成碎片的自我；他一邊讀生命，另一邊讀死亡；他一邊讀東方，另一邊讀西方；他一方面重新找尋中西方文化相通的精神家園，另一方面又重新組合起一個多重的自我，有矛盾掙扎的自我，有回歸童心的自我，也有不斷超越的自我。這套新文體寫作的第二部分內容是重讀文學經典，也就是重讀中國四大古典名著：《紅樓夢》、《西遊記》、《三國演義》、《水滸傳》。用「片斷悟語書寫」闡釋中國四大古典名著的學者，恐怕父親是第一位，這種讀法既是一種文化批評，又是一種帶有啟迪性的文體創造。無論是討論小說人物，還是討論小說主題、文化內涵，父親其實最重視的還是這些小說塑造的「心靈世界」，以及這一心靈世

3 劉再復：《什麼是人生——關於人生倫理的十堂課》（香港：三聯書店，2017），頁106。

界對中國國民性的深刻影響。我在閱讀父親的這四卷「新文體沉思錄」時，認為父親用「片斷寫作」打破了傳統文學形式的界限，放下散文詩、文學評論、哲學思緒等形式阻隔，融合不同學科領域的特長和內涵，使得不同的表述形式和感悟處於一種自由的不規則、不系統的狀態，讓他的語言在稠密的思想中，撲扇着翅膀在空中滑翔，傳達了他聞的道、悟的道，傳達着普世哲學，也承載着中國當下幾乎喪失的人文精神。

帝王哲學家馬可·奧理略所寫的《沉思錄》已過去近兩千年了，他大約沒想到，今日的世界，人類的生活更為緊張，節奏更為快速，人們更需要這種言簡意繁的文字。我父親的這一新文體寫作，居然在不經意間與現在的微博、微信寫作有了一些外在的聯繫，就像他寫的：「老子所講的『大音希聲』，乃是對語言的終極性叩問。真正卓越的聲音是謙卑的、低調的，甚至是無言的。中國的詩句『此時無聲勝有聲』，乃是真理。最美的音樂往往是在兩個音符之間的過渡，此時沉靜的瞬間可以聽到萬籟的共鳴。」[4] 雖然父親的新文體寫作彷彿是「微言」，可是它讓我們以微見大，感悟生命的終極意義。它既是感性的，又是理性的；既是文學評論，又是文學創作；既是哲學的，又是文學的。它是對概念的放逐，是一種解放了的語言和文學實踐，是一種「心生命」。

4 劉再復：《天涯悟語》（北京：三聯書店，2013），頁 352。

香港城市大學出版社的社長朱國斌先生、副社長陳家揚先生，慧眼獨具，深知悟語的價值，支持我父親的寫作試驗，這不僅鼓勵了父親，也鼓勵了我。我一直認為，文章與書籍是人寫的，人性極為豐富，文章也可有千種萬種，不必拘於幾種樣式。碎片式的寫作，悟語的嘗試，肯定也是一種路子。香港城市大學出版社的決定與支持，使我的思想更為開放，視野更加拓展，為此，我和父親一樣，都心存感激。

劉劍梅

二〇一八年寫於香港清水灣

《西遊記》三百悟

01

兒童時代最喜愛《西遊記》。一是因為《西遊記》是真正的藝術品。其主角孫悟空、豬八戒、唐僧等形象，均可以玩賞不盡，品味不盡。二是人之初，性本善。兒童時代天生最具善念，即童言、童心、童趣等全是天真天籟。而《西遊記》正是佈滿善念的大書。孫悟空容不得專制帝王和各類專制權貴，哪怕是天上玉皇、地上龍王，哪裏有不平等，就鬧到那裏。哪裏有妖魔鬼怪，就打到那裏。為人間請命，為人間除惡，為人間張揚自由平等，為人間懲惡揚善，是中國最質樸的英雄主義。讀《西遊記》，就是讀生氣勃勃的英雄，讀超功利、超時代的最高意義的善。

02

《西遊記》一反儒道文化經典那種「面向過去」（以周公為座標，包括返回儒統、道統、正統）的大思路，首次建構「面向未來」的精神大維度，為中國人展示一條向西天取經而不顧艱難險阻的全新道路。《西遊記》的首創精神之一，是開創中華民族朝前看、朝前走、朝前求索的遠征圖景。這是曠古未有的大視野。

03

孫悟空是中國個體自由精神的偉大象徵。它表達了中國人內心對自由的嚮往。從自然關係上說，它表達了人不受制於蒼天也不受制於大地的束縛。從社會的關係上說，它又表達了人不受制於政治權力、宗教權力統治的自由意志。可貴的是，小說還表述了對於自由的正確理解，前期孫悟空表現的是無所畏懼的積極自由精神，後期孫悟空則表現出自由與限定、自由與規則的衝突與和諧。其主體性和互為主體性的矛盾與化解，也得到充分表述。

04

《西遊記》為中國的禪文化提供了一個意象性的說明。佛文化在印度誕生，在東南亞尤其在中國、日本發展。這是公認的事實。但是尚未有人指出，禪對佛的發展，不是一般性的擴展，而是思想上的巨大飛躍。中國禪，以六祖慧能為代表，他把禪純粹化，抵達「只禪不相」、「只禪不宗」、「只禪不佛」的境界。這一境界，高行健的劇本《八月雪》作了最透徹的呈現。慧能不僅拒絕黃袍加身，謝絕進入宮廷充當「王者師」，不被政治勢力所利用；而且打碎傳宗的衣鉢，廢棄權力更替的象徵之物，此舉石破天驚。它高揚的是「只禪不宗」的旗幟。這一行為語言宣示，禪超越一切宗派門派，不僅不納入任何政治勢力的範疇，也不納入任何宗教勢力的紛爭，只獨立不移地站在精神領域中。禪宗，排除了宗，只剩下禪，即只剩下超現實功利的純粹自由和純粹獨立的立身態度，這是佛教曠古未有的偉大變革。慧能本是宗教領袖，但他本人又拒絕任何偶像崇拜，既不崇拜他者，也不自滿自售即不以佛自居。

《西遊記》把慧能的境界加以形象化地展示，也「只禪不相」。菩提大師實際上是個大禪師，他教會孫悟空「去我執」而贏得七十二變，「去法執」而打破時空限制，贏得一個筋斗十萬八千里，後來菩提大師不滿孫悟空把私授的本事顯耀於師兄弟，違背「真人不露相」的禪理。露相，意味着慾望，意味着功利之思。菩提大師給孫悟空唯一的叮囑是讓其保守師門的秘密。不讓孫悟空説破出自何宗、何師、何門，這是「禪而不宗」。此故事正是一個不立宗派、宗門的偉大範例。最後，孫悟空護送唐僧到了西天，被封為「鬥戰勝佛」，他不在乎，只在乎去緊箍咒。把自由看得高於佛，大於佛，這是「只禪不佛」。禪，即大自在，大自由。禪本身才是目的，之外沒有其他目的，而讓人崇拜也不是目的。這是《西遊記》對中國文化所作的偉大貢獻。

05

中國人以「儒」應世，借「道」逍遙，用「釋」明心。《西遊記》兼備三者，尤其是道與釋。它是莊子之後對中國影響最大的自由書，但兩者又有巨大的區別。用以賽亞·柏林（Isaiah Berlin）的思想概念劃分，莊子屬消極自由（negative liberty），而《西遊記》則屬積極自由（positive liberty）。消極自由，重心是迴避（合理的不作為）。積極自由，重心是爭取（主動去做）。莊子的逍遙，是不依附、不參與的自由；莊子的齊物，是不競爭、不挑戰的自由；莊子的混沌，是不表態、不發言的自由。這些都是合理的不作為，所以是消極自由。而孫悟空的大鬧天宮與大鬧龍宮，三打白骨精及大戰各路妖魔，則是主動出擊地掃除敵意和阻撓，所以是典型的積極自由精神。

《西遊記》的前十幾回書寫積極自由精神的極致，孫悟空天不怕地不怕敢把玉皇龍王拉下馬的英勇無畏精神也表現到了極致。《西遊記》的下部描寫釋迦牟尼和觀音菩薩為孫悟空設置緊箍咒，暗示人間世俗生活的原則，自由與限定的矛盾。自由不是我行我素，自由意志乃是對本能的抑制與支配。戰勝山中妖魔與戰勝內心妖魔的統一。後半部小說雖走向乏味（模式化），但思考卻走向深刻。自由與限定的悖論，使孫悟空陷入困境與痛苦。

06

中國文化有先秦經典、宋明諸賢構成的大傳統，也有陳勝、黃巢、李自成等農民起義構成的小傳統。《西遊記》改變了小傳統，為中國文化提供了造反（革命）而不胡亂殺生的英雄範例。前期孫悟空上天入地，大造三王（玉皇、龍王、冥王）之反，反中有戲弄、有破除，但不濫殺無辜，從未傷害過一個無辜的生命。他在大鬧龍宮時，只限於借兵器，並未用兵器在海裏殺生。他大鬧天宮時，胡吃仙桃，搗亂仙桃大宴特權。但對王母派來摘桃的仙女們，孫悟空只是施法把她們「定住」，並未調戲或傷害她們。造反中有「度」有「分寸」。大鬧煉丹爐時，也不傷及太上老君。

07

《水滸傳》把武松、李逵等打扮成社會正義的化身、救世主，可是他們本身卻充滿邪惡，為逼人上山而不擇手段，（如逼朱同上山而把小衙內砍成兩半，又如逼秦明上山而殺盡城郊百姓）以殺人為樂，這就近乎魔鬼。而吳承恩卻不把孫悟空打扮成正義的代表，他的猴形妖身，似人非人，頑皮調皮本身就是對人間權威的解構。

08

唐僧在沒有證據證明妖魔為妖魔時，他寧可假設妖魔是「好人」，不許孫悟空隨意打殺。唯有如此，才能避免誤殺生命與傷及無辜，實現善的絕對性。因此把唐僧簡單地視為「愚氓」是不對的。當孫悟空令妖魔現出原形，證明妖為真妖時，唐僧總是欣然接受，所以孫悟空總是跟隨唐僧，不棄不離，離了還會再回來，因為他知道師傅胸懷一顆大慈悲心。

09

如果說，孫悟空是以力服人、以力服龍、以力服天；那麼，唐僧則是以心服人、以心服龍（連廣晉龍王太子也服而化作白馬馱他走過萬里征途）、以心服天（連天子唐太宗也拜他為御弟）。征服人最偉大的途徑是人心，不是人力，更不是暴力。所以唐僧為師，行者為徒。過去如此，現在如此，將來還是如此。

10

孫悟空天不怕、地不怕、玉皇不怕、龍王不怕、閻羅王不怕，真真正正「無所畏懼」。然而，他卻敬畏唐僧。之所以敬畏，不僅是因為唐僧擁有「緊箍咒」，更為重要的是唐僧擁有慈無量心，悲無量心。有這種心，他才能把孫悟空從五行山的重壓下解放出來，也能把豬八戒、沙悟淨和孫悟空吸引到身邊，構成一支尋找真理的隊伍。而孫悟空之所以令人佩服，也在於他不僅「無畏」，而且「有所敬畏」。

11 近現代的政治，最根本的弊端，是輕易地界定人為「敵人」，尤其是界定為「階級敵人」，即草率地把人視為「牛鬼蛇神」、妖魔鬼怪，然後批倒批臭或打倒打爛，完全不知人的尊嚴。我喜愛唐僧，乃是他絕對不允許這種輕率，寧可委屈孫悟空，也不隨意錯判他者為牛鬼蛇神。這種態度，與「寧可錯殺一千、也不可放過一個」的口號截然相反，也與「乾淨徹底全部消滅」的口號相反，乃是一種對生命極尊重極鄭重的態度，而尊重鄭重的背後是慈悲，是對每一個生命個體的絕對護愛。從表面上看，這是唐僧心腸，從深層上說，這是佛性原則。

12 孫悟空走上取經之路前夕，對龍王埋怨，說我僅殺了幾個強盜，唐僧就嘮叨沒完。當時孫悟空雖然無比勇猛，卻仍然十分幼稚，他不知道，殺戮任何一個人包括被稱為盜賊的人都是大事。在唐僧心裏，殺幾個人，是大事件，在孫悟空那裏，卻是小事情。所以孫悟空才必須從頭修煉，不是練武藝，而是修心性。修到懂得尊重每一個人就成佛了。

孫悟空在花果山是「美猴王」，屬於被前呼後擁的「王者」，而在西行路上，他卻是跋山涉水的衞兵，屬於唐僧指揮的「行者」。前者安逸享樂，後者勞苦搏鬥。人生往往須在二者之間作一選擇。世上的聰明人多數選擇前者，但孫悟空選擇後者，所以號為孫行者。他的心性使他懂得：生命，不怕勞苦，只怕勞苦無意義。他在求索真理的路途上，每一步都踏着苦辛，也每一步都踏出意義。

13

《紅樓夢》從女媧補天遺石説起，直接連上《山海經》。《西遊記》雖未直接與女媧相連，但也充滿《山海經》那種「知其不可為而為之」的精神。天，不可補，女媧偏要補；海，不可填，精衞偏要填；日，不可追，夸父偏要追，這是《山海經》精神。孫悟空渾身都是這種精神：天宮不可鬧，他偏大鬧；冥府不可進，他偏挺進；真經，在萬里之外不可企及，他偏與唐僧一步一步向它靠近。神能往，我亦能往，魔能往，我更能往。這是中國的原始文化精神，被孫悟空發揮到了極致。

14

《山海經》的追日精神，乃是不顧炎熱的追求光明的精神，《西遊記》的取經精神，也是不顧艱辛追求光明（真理）的精神。夸父追日時留下的拐杖化為桃林，帶給後人一片綠蔭。唐僧孫悟空獲取的經典，也如同桃林，留給後代無窮的春風與星辰。中華文化能夠不滅不亡，與追日、取經這種大精神息息相關。

15 孫悟空之所以成為偉大的英雄，一是靠高人指點（他遠走天涯，求拜菩提師祖，學得七十二變）；二是靠自我鍛煉（進入煉丹爐才能煉成烈火金剛和煉出金睛火眼）；三是靠佛把他推上正道（不走歪門邪道方能成為真英雄）。鋼鐵是怎樣煉成的？《西遊記》回答說：「鋼鐵是煉丹爐、五行山和自身的千辛萬苦煉成的。」煉成後怎樣發光發熱？《西遊記》又回答說：「光熱全在正道上。」

16 孫悟空大鬧天宮，完全沒有「替天行道」的意識，也沒有「替人行道」的意識，所以他既不招兵買馬，也無造反綱領，完全是反抗天庭對他的蔑視，求證自己的尊嚴。他的許多造反行為都是被當權者逼出來的，所以如來佛祖把他關進五行山五百年年是不妥當的。佛祖也往往不公平。

17 孫悟空造反而不謀反，他從未使用過計謀，包括陰謀與陽謀，也不動用心機與心術，與《三國》中人完全兩樣。三國中人個個善於偽裝，善於作假，善於設置陰謀詭計，誰最會裝，誰的成功率就最高。而孫悟空始終是花果山人，不裝、不偽、不假，自然自由自在。與三國中的那些巧偽人，完全是兩種不同質的生命。

18 作為天下第一武功，天地之間全無敵手的勇士，孫悟空竟然選擇皈依佛教的道路。可見最有力量的存在，並非手拿千鈞棒的英雄，而是臉帶笑意的如來。

這是一個偉大的隱喻：至柔可以克至剛，而至剛者可以聽從至柔者。世間最偉大的力量存在於心靈之中。

19 《西遊記》的佛，是個全知全能的精神體系。佛眼能看到一切，看穿一切。真假孫悟空，打得死去活來，連唐僧也辨認不出來，最後讓如來佛祖一眼看穿。除了如來與觀音之外，還有其他佛星。佛的邏輯是誰的善性愈強，誰就離我愈近；反之，誰在歪門邪道上走得愈歡，就離我愈遠。

20 《西遊記》把個體自由精神作了最為通俗化與形象化的表述。它傳達了中國人民關於自由、關於解放的內心嚮往。這種精神嚮往，乃是中國人民千百年來所作的好夢。這不是榮華富貴夢，也不是飛黃騰達夢，而是不受精神壓迫的個體自由夢。

21 孫悟空以「玩鬧」的方式造反，把中國嚴酷的統治秩序化為一笑。至高無上的玉皇、倒海翻江的龍王、操縱生死的閻羅王，全被他嘲弄戲弄一番，真是痛快淋漓。這位舉世無雙的孫行者乃是一個偉大的解構者，他用「玩鬧」解構掌握統治權力的最高權威，給飽受壓抑的中國人民，一讀就贏得一次精神解脫。

22

孫悟空的生命沒有負面氣息。受過壓抑、受過蔑視、受過打擊、受過委屈，但他從不憤世疾俗，也從不消沉頹廢。他總是精神飽滿地向前進擊。其靈魂健康、新鮮、活潑，充滿活力，一點老氣、暮氣、朽氣都沒有。多想想孫悟空，生命自然就會增長正能量。

23

孫悟空與賈寶玉的根本區別是：賈寶玉是純粹的人，而孫悟空則是半神半人，非神非人。賈寶玉充分人性化，但人性中帶有神性，所以與眾不同，能出淤泥而不染。而孫悟空則神性十足，但神性中帶有人性。唐僧向唐太宗介紹孫悟空時說，他是傲來國花果山水簾洞人氏，確認他是人，但此一人氏，除了籍貫古怪之外，他又完全不同於人。他雖不是神，但神通廣大。他雖不是人，卻又具有人的正直、幽默、疾惡如仇等人性特徵。孫、賈二者，均是心靈。兩部偉大經典，塑造兩顆偉大心靈。

24

如果必須用意識形態的語言來描述孫悟空，那麼，我們可稱孫悟空是個無政府主義者。他不在乎玉皇權威，也不在乎龍王閻王權威。玉皇、龍王、閻王，都是政府符號，但孫悟空覺得其存在十分荒唐，給他們開點玩笑，沒有什麼不可。但他尚無能力分清開明權威和野蠻權威，也不知人世間沒有政府就會亂成一團。

25

海德格爾的存在論發現人具有時間意識（動物只有空間意識，沒有時間意識），死亡便是時間的標誌，人生乃是「向死而生」，出生之後既走向健壯又走向死亡，因此可以說人生乃是一場無可逃遁的悲劇。但孫悟空很特別，他既不怕空間阻隔，也沒有時間的限制，他的存在不是「向死而生」，而是向永恆而生。所以他是一種比人類更高級的生命存在。進化論所講的類人猿乃是比人低級的物種，而吳承恩塑造的孫悟空則是比人更高級的類人猿。但他又不是尼采所呼喚的那種狂傲的「超人」，而是本領超凡的「平常人」。

26

孫悟空沒有文化，目不識丁，耳不聞道，但也因此不受文化的污染，所以他永遠天真、自然、自由、自在。他在花果山只食「自然果」，不吃「智慧果」，這倒是與上帝（《聖經》）的要求相符，也與《道德經》的「智慧出，有大偽」的思想相通。孫悟空之所以可愛，是他身上一點虛偽的影子也沒有。人間的世故、圓滑、算計、機謀、偽裝等，完全與他無關。

27

儒家講修養，道家講修煉，釋家講修心，但三家最後都力求走向共同認定的天地境界。孫悟空不修文化，但咀嚼宇宙精英，讓花果山的清果和水簾洞的清水養育出一顆永恆的童心，天然地匯集三家精華，同樣也可抵達天地境界。所謂天人合一，恐怕是天心與童心的合一，仁心、道心、佛心的合一。

28 開始讀《西遊記》時，覺得孫悟空很奇怪。而最奇怪的並不是「大鬧天宮」，而是他永遠沒有成就感。打了許多勝仗，立了許多戰功，但從來沒有勝利者那種「凱旋」的感覺。進入中年時代後，才明白孫悟空完全超越人類那些勝負、成敗、輸贏、得失、榮辱等計較。他的神性也正是從那裏得以表現。真正的偉大英雄，確實不必陶醉於世俗的所謂「勝利」、「成就」、「功勳」、「獎賞」之中。孫悟空沒有成就感，沒有勝利感，正是一種境界。

29 妖魔鬼怪的夢想是吃唐僧肉，因為他們知道吃了唐僧肉可以長生不老。可見，妖魔鬼怪也會死亡。其陰性生命也有時間的限定。吳承恩透露一個大信息，一個好消息：妖魔鬼怪並非永恆存在。這就給人類展示了希望：人也許戰勝不了妖魔，但可以和妖魔展開生命較量。妖魔會死，他們死後天下肯定會更太平與安寧。

30 知愛恨，分利弊，重成敗，計得失，原是人的聰明點，但也可以變成人性的弱點。孫悟空因為神性大於人性，所以也沒有這種人性的表現。他對於功名、對於財富、對於權力，永遠處於不開竅的混沌狀態。和孫悟空討論榮辱、功過、得失，等於和夏蟲語冰。

31 孫悟空爭取的自由，不是相對自由，而是絕對自由，包括超時間、超生死的自由。絕對自由在人類社會中並不存在，緊箍咒對於人類是必要的，自由還需要制約與限定。孫悟空的前期反抗一切制約，後期（走上取經之路後），則接受必要的制約。孫悟空超越人類的存在狀態，但又讓我們感到很真實，神性與人性都很真實。這也許正是閻連科所說的「神實主義」吧。

32 孫悟空的故鄉在哪裏？是花果山、水簾洞嗎？不是，他作為石猴入世時還不知道花果山、水簾洞在哪裏。他從哪裏來？肯定不是地球的某處來。真要叩問故鄉究竟，那只能追尋到那個不可知的「無極」。人類最後的關懷是終極關懷，而無極中的生命，其關懷又高於終極關懷。

33 孫悟空神通廣大，戰無不勝，但也有局限性。幾番與妖魔打仗，只打了平局，最後不得不去請天神菩薩幫忙（觀音、文殊、太上老君、哪吒、楊二郎都幫過忙）。鬧完天宮時翻筋斗，並撒了一把尿，才明白自己的本領再大，也跳不出如來佛的手掌。在無限「無極」之前，他的一翻十萬八千里，也只是在宇宙角上的一個小小的跳躍。宇宙無涯，英雄有限。連孫悟空都有如此局限，更何況人。

34 除了孫悟空的法名帶有「悟」字之外，還有豬八戒名為悟能，沙僧名為悟淨，都是唐僧命的名。唐玄奘創立唯識宗，從他的命名中，也知道他強調「悟」。到了慧能禪宗，只剩下「悟即佛，迷即眾」。佛教從一開始就啟迪信徒的悟性，所以釋迦牟尼才以「拈花微笑」啟蒙「善知識」（信眾）。主人公們既然以「悟」字命名，我們也應把《西遊記》視為一部悟書，對其悟讀，不怕人家嘲笑為「誤讀」。

35 佛教東傳，到了禪宗，化繁為簡，傳至慧能，簡之又簡，只重一個悟字，佛教成了悟教，只有頓悟（南禪）與漸悟（北禪）之分。《西遊記》的書魂是佛也是悟，佛性既是善性也是悟性。

36 海德格爾的《存在與時間》描述了人的三種精神存在狀態，即「煩」、「畏」、「死」。因為人有時間意識，在有限的人生中總想有所完成，於是就有許多煩惱、憂慮、牽掛。也會有許多擔心、害怕與畏懼。也因為有時間意識，所以總想征服死，於是就求壽、祈禱、寫作（文字比生命更長久），就在死神面前衝鋒陷陣以求存在狀態充分敞開。而孫悟空全然沒有「煩」，沒有「畏」，也全然沒有「死」的意識（除了剛到花果山而聽說「壽」的局限）。因為他的存在，超越了「人」的存在，也超越了時間與空間，存在論解釋不了孫悟空。

37 孫悟空當了唐僧的徒弟，但不是唐僧的馴服工具。他擁有獨立的人格與獨立的神格，所以常會與唐僧爭吵、賭氣，甚至離隊。他成佛得道，也沒有充當偶像的狂喜，只求唐僧解除緊箍咒。他時而為神，時而為人，但從來不為物不作工具，不為物所役。

38 西方哲學曾把主體與客體對立，即把主體固化；而東方哲學（老子莊子）卻把主體虛化，即把自我化為「無我」。而孫悟空既不固化也不虛化，只讓自我流動化又自由化。所以我們看到的孫行者，是個宇宙流浪漢。既不是木偶，也不是幻象。他有血有肉，又有聲有色。

39 《西遊記》有意無意地展現人、神、魔，三者有一個共同點，都怕死，都想長生不老。連妖魔也想吃唐僧肉以謀不朽。可見，「畏死」既是人的本能，也是神魔的本能。孫悟空到了花果山之後，萌生了死亡意識，所以才橫渡滄海去求仙求壽，他的本領增強後，最想撕掉閻王殿的生死簿，之後他大吃蟠桃與人參果，也是希望超越死亡，超越時間限定。

40 孫悟空本事大，還是翻不出如來佛的手掌。此一故事又說明，如來所象徵的至善是無限的。自由與善，本可以並行不悖，但自由如果濫用，就會離開善。

一旦離開善，自由也就沒有意義。什麼是最高的善？有益於人類的生存與延續，才是善。自由一旦破壞了善，就會走向反面。

41 孫悟空的前期（五行山壓住之前），他的生命重心是自由；後期的生命重心是行善。取經是行善，除妖是行善，護師與救人都是行善。行善時，他的天性進入倫理，野性化為佛性。「自由」與「善」得以統一。

42 孫悟空知道，唐僧就是他的解放者。唐僧帶給孫悟空新一輪的自由，但其條件是要接受制約（緊箍咒）。孫悟空既接受制約，又不斷反抗制約。其正其反，都有道理。自由與限定，本是一對悖論。我行我素便沒有任何限定的自由，其實是本能與慾望的奴隸，並非真的自由。

43 在中國，人神之間及神魔之間只有一步之隔，人隨時可以變成魔，神也可以隨時變成魔。豬八戒原是天神，號稱天篷元帥，只因道德上犯了錯誤（調戲嫦娥），因此被罰入下界，成了妖魔，並鬧出高老莊的醜劇。但他走上取經之路後，逐步改邪歸正，又可稱「神壇淨者」。沙和尚原是天上的捲簾大將，只因摔破了玉盞，才貶入下界變成了河妖。中國文化相信天人可以合一，神與人、神與魔當然也可以合一。孫悟空與之搏殺的妖魔，原本是神與佛的坐騎、侍從或弟子。《西遊記》告訴人們：沒有永恆的神仙，也沒有永恆的妖魔，只有永恆的人性。

44 孫悟空神通廣大但還是翻不出如來佛的手掌。這手掌，既象徵佛的無邊法力，也象徵生命的本心。心靈如宇宙無邊無際，心外無物，心外無天。人的本事再大，也逃脫不了心靈的制約。決定一切的，還是自己的心靈狀態。這是《西遊記》的心靈本體論。

45 對於《西遊記》，既可作「無神論」的閱讀，把天界、魔界、冥界都視為現實人界的變形和想像，但也可作「有神論」的閱讀，確認人界之外存在着一種超人間的力量。孫悟空就是這種力量的代表，他不受時間的限制，不受空間的限制，不受死亡的限制。他可以穿越人界而看清神仙世界與妖魔世界。我們無法判斷，作者吳承恩是有神論者還是無神論者，但可判斷，他的《西遊記》充滿現實精神，並非神話。還可以判斷，此小說，乃是自由之書並非宗教之書。

46 釋迦牟尼，其「報身」是《西遊記》至高無上的如來佛祖，全知全能的精神明燈，既出面把孫悟空送入五行山下，又喜愛孫悟空，讓孫走上取經道路。途中保護唐僧和援助孫悟空的也都是他屬下的諸佛，有時他甚至自己出面幫助孫悟空，例如幫助真悟空驅逐假悟空。《西遊記》中的佛祖佛王，重唐僧，重孫悟空，重善性，重個體自由。

47 從《西遊記》中可以知道，人、妖（魔鬼）、神（仙）三者的區別只在於「慾望」。人有慾望的權利，但不能充當慾望的奴隸和慾望的人質。魔鬼之所以是魔鬼，就在於他們慾望過度燃燒，以至企圖吃唐僧肉而幻想長生不老，便走火入「魔」。正當地爭取長壽的是人，企求長壽無邊而想吃唐僧肉，則越過了人的邊界而滑入魔界。所謂神仙，則是慾望的滿足，除了豐衣足食之外還有歌舞美女，也不愁死亡。魔鬼也有人的外形，甚至有美女的外形，但如果心地不良，心脈充滿慾望，就會現出其妖精原形。佛乃是調節人性慾望的宗教，它告訴人們，太貪、太癡、太嗔，都是慾望過分燃燒，都是魔變的開始。前期孫悟空，雖天真活潑勇猛，但也有求壽、求長生不老的慾望。大鬧天宮，本是維護個人的尊嚴，屬於戲鬧式的精神反抗，無可非議，但最後已產生「皇帝輪流坐，明年到我家」的慾念。這就有走火入魔的危險了，所以如來佛才出面用五行山囚禁了他，然後又給唐僧緊箍咒以制衡這位天不怕地不怕的英雄。有制衡，孫悟空才沒有變成魔而修成佛的正果。

48 德國哲學家叔本華之所以悲觀，是他覺得人永遠無法戰勝心中的魔鬼，慾望滿足了，還會產生更大的慾望，無法成神。他喜歡佛教，恐怕也在於他知道佛可調節、制衡慾望。王陽明說破山中賊易，破心中賊難，也是深知破除慾望最難。破了即成神，脹了即成怪，瘋了即成魔。從這個意義上說，人妖之間，神魔之別，確實只在一念之差。

49

《西遊記》的理想國是佛教天國，與後來洪秀全的太平天國最大的區別是，佛教天國絕對戒殺，反對暴力，反對流血。連妖魔鬼怪只要他們不傷人、不吃人，佛也給出路，只要放下屠刀，仍然可以回到天國。儒家的烏托邦是「禮運大同」，莊子的烏托邦是回歸原始無識無知的烏有之鄉。康有為的烏托邦是大同世界，毛澤東的烏托邦是「共產主義」，孫中山的烏托邦是沒有資本家的資本主義。實用主義的美國也有烏托邦，貝爾的小鎮天國、桑德爾的反自由主義的美德王國等，都是烏托邦，但都是「心造的幻影」。

50

《西遊記》中的佛，是文學化與理想化的佛，它賦予佛祖多重象徵意蘊：一、象徵永恒；二、象徵無限；三、象徵全知全能；四、象徵絕對道德精神。佛無時不在，無處不在。佛在宇宙中，也在大眾心中。佛是主宰者，又是冷觀者，還是解放者。《西遊記》中多次出現「解放」一詞。孫悟空既被佛囚禁於五行山中，又被佛所「解放」。佛普渡眾生，包括普渡妖魔鬼怪。佛的慈悲是無量慈悲，因為只要妖魔降服，佛也給予寬恕。佛教擁有最大的寬容與恕道。

51

悟空，是《西遊記》主角的名字，也是這部小說的根本題旨和哲學內核。佛學講色空，不承認物質世界的實在性，所以才展示夢幻世界與神魔世界。《西遊記》的色空觀念特別徹底，它對天上宮廷的實在性不予承認，所以孫悟空才去戲弄一番。第七回之後，《西遊記》大量地展示妖魔鬼怪的虛幻，絕非實在。可惜唯有孫悟空看穿其空，而唐僧反而落在徒弟之後。《西遊記》告訴我們：宮廷、玉皇、龍王、閻王、妖魔鬼怪都沒有實在性，甚至西天的極樂世界也沒有實在性。孫悟空的千鈞棒，其偉大意義，不僅在於它能打敗一切妖魔，而是在於，它打破了人世間的一切幻想與幻相，讓人們看到自己追逐的一切，最後都歸於空無。

52

《紅樓夢》與《西遊記》的哲學基點，都是色空。賈寶玉的生涯也是「悟空」的生涯。《西遊記》除了和《紅樓夢》一樣悟到榮華富貴沒有實在性之外，還悟到妖技魔術也沒有實在性。妖魔鬼怪的一切聰明、一切偽裝、一切騙局，歸根結底也是原形畢露。換言之，妖魔鬼怪無論變成怎樣的美女，或是擁有多高的招數，最後真實的，都是一堆骷髏，一縷青煙。再「好」也是「了」，再變也是不變。

53

《紅樓夢》通過色世界而悟空，以有證無；《西遊記》通過空世界證空，以無證無。天宮、龍廷、閻王殿，妖魔鬼怪，本是虛無世界，人們往往信其有，但孫悟空的金箍棒，卻證其本體皆是空。《紅樓夢》用色世界作鋪墊，然後把空悟透。《西遊記》把虛幻世界徹底展示，天兵天將與妖魔鬼怪都作鋪墊，同樣也把空悟透。《紅樓夢》在色世界的頂峰上發現世界原是白茫茫一片，真乾淨，這就把空悟透。《西遊記》在無世界的頂峰上發現，原來所謂玉皇大帝天兵天將都是紙老虎，他們敵不過一隻石猴，即敵不過一顆自由的心靈。《西遊記》的空世界之中也有色世界，它讓唐僧師徒先經歷色世界，然後再悟到這世界並不真實，到頭來只是一個空。《肉蒲團》的問題是只展示色世界、肉世界，沒有空意識，沒有看透，只有癡迷、執迷、肉團迷，變成下流的誨淫之書。當代一些所謂「下半身」寫作出來的小說，也是只展示色世界，離「悟空」很遠。

54

孫悟空的第一個老師是教他七十二變的菩提祖師，第二個老師是會唸緊箍咒的唐僧。前師教他本領，後師教他心性。二者缺一不可。前者授予「才」，後者授予「德」，孫悟空對兩位老師均極為敬重。最後他成為「鬥戰勝佛」。鬥而能勝，要靠本領。鬥而能善，要靠心性。成佛之後緊箍咒也隨之免除，因為此時他已德才兼備，無須監督，可「從心所欲而不逾矩」。

55

孫悟空成為頂天立地的天才，有其先天條件。他作為石猴破土而出時，就不同凡響，敢於挑戰龍庭。但是他敢大鬧天宮，卻是在向菩提祖師學藝之後，沒有祖師教他騰雲之術和七十二變術，他怎能與天兵天將較量？成了天才之後，還有一個天才的心靈走向問題，《西遊記》精神內涵的完整性，就在於它還描述了孫悟空把心靈納入佛性的艱難歷程，從而提供了一個天才的生命全信息。

56 佛的大慈悲，有一重要表現，是相信人有瞬間而變的可能。人在瞬間中破了我執之後，可以放下屠刀立地成佛。一旦放下屠刀，大慈悲者便不查其過去的歷史，不計其往昔的罪責。這是何等的寬容！豬八戒、沙和尚都曾騙人、殺人，但一旦皈依，佛則接納，讓他們走上取經的道路，向佛靠近，最後豬八戒成了淨壇使者，沙僧成了金身羅漢。人是會變的，只要變好變善，就行。不翻舊賬，這是佛的長處。

57 孫悟空既是自由精神的載體，又是自然精神的載體。老子曰：人法地，地法天，天法道，道法自然。視自然為最高價值。孫悟空無父無母，無兄無弟，由天地生，靠天地養，不着文字，不知文化，但也不受文化污染，不為概念遮蔽。於是，他總是單純、天真、耿介，不知功名為何物，也不知權力財富為何物。《西遊記》文化，乃是形象性的莊禪文化，道釋文化。兩種文化的相通點乃是崇尚自然。孫悟空既是自由的化身，又是自然的化身。五行山之前，他是自然（石頭）的人化，五行山之後，他又是自然的佛化。但不管是人化還是佛化，孫悟空還是孫悟空。混沌、天真、勇敢、幽默、英勇而質樸、聰慧而善良。

58 孫悟空身上的基本品格是勇敢、無畏、正直、天真，而這些品質恰恰是多數中國人所缺少的。比較一下「三國」中人，那些偉人們多麼世故、圓滑、虛偽、善謀。他們也被稱為英雄，但孫悟空的英雄氣充滿小孩子氣，而三國偉人的英雄氣卻充滿老狐狸氣。換言之，孫悟空充滿花果山的青春味，而三國偉人們則充滿妖魔和「火雲洞」（妖住處）骷骨味。

59 孫悟空乃天地所生，他沒有「家庭」，沒有家國之累，赤條條來去無牽掛，也無需為家庭爭面子，完全沒有「榮宗耀祖」之思，即完全沒有世俗之累，所以贏得大自由大自在。相比之下，豬八戒太多世俗之念，太貪小便宜。這兩個形象，一個完全揚棄了中國國民性的弱點（孫），一個則深深烙下中國國民性弱點（豬）。對於中華民族而言，孫悟空的巨大意義，在於他呈現了民族性的出路。

60 前期孫悟空的弱點是英勇但不知責任，想到可當「齊天大聖」，沒想到應當「與人分憂」，「與天合一」。後來當上唐僧的徒弟，走上取經之路，便培養了責任感，多了一份人間關懷。所謂大聖，僅有力量是不夠的，還需要有對他人與對社會的關懷。取經之前的孫悟空，是行者（儘管屬天馬行空）而非聖者，取經成佛之後，他倒是成了自由的聖者。

61 在取經路上，唐僧多次唸緊箍咒，多次委屈冤枉孫悟空，甚至把孫悟空開除出取經隊伍，銷其隊籍，但孫悟空始終敬愛唐僧，追隨師父，因為他有一顆善良的心靈。此心與師父的慈悲之心息息相通、息息相連。心靈相通，才是最堅韌的情感紐帶。孫悟空儘管眼力比師父強，但尚未抵達唐僧的心靈水平。在唐僧的大慈悲情懷裏，是絕對不可以輕易給人帶上「牛鬼蛇神」的帽子的，在擁有充分證據之前，他寧可作「非妖魔」的假設。孫悟空雖然不能完全理解師父，但能感受到師父慈悲的心跳。這一雙師徒，事事相爭，又心心相印。他們是人類文學史上一對最可愛又最有詩意的師長與學生。

62 唐僧不僅大慈悲，而且大聰明，他知道陽光下最寶貴的是人的生命。每一個生命都值得尊重。他當然也憎恨牛鬼蛇神，但隨意斷定他者是牛鬼蛇神，給人作「牛鬼蛇神」的判斷，是大事件。因此他寧可相信冒充人類的妖魔，也不肯誤殺任何一個好人。這與現代聰明的蔑視個體生命的政客很不相同，現代社會充斥冤案，牛鬼蛇神照樣橫行無忌。

63

《西遊記》給中國人提供兩項價值無量的精神座標：一是孫悟空的勇氣；二是唐僧的信念。前者之可貴，不在於一般的勇氣，而是積極爭取個體自由的勇氣。後者之可貴，也不在於一般的信念，而是對於慈悲的絕對性信仰。為此信仰，他捨棄一切世俗歡樂，選擇萬里跋涉的征途，寧要八十一難，也不要榮華富貴。唐僧的價值觀，將滋養中華民族的千秋萬代；而孫悟空的自由精神，將永遠激勵中國人民去掙脱沉重的專制主義鎖鏈。

64

自由與限定，這是一對永恆的矛盾。沒有限定的自由，會導致人類生活的不可能。沒有自由的限定，會導致心性的枯焦和死滅。孫悟空與唐僧，展示了這對矛盾，其糾葛和解脱，都深藏理性的詩意。這是善與善的矛盾、真與真的衝突、心與心的張力，而且是追求正義（孫）與追求和諧（唐）兩者的悖論。

65

中國的凡夫俗子，成功者如西門慶，善於穿梭在市場與官場之間，生意興隆，妻妾成群，但不知人生意義。不那麼成功的，則如豬八戒，只能在市場與官場之外沾一點食色，討一點便宜，雖對社會並無大礙，但對社會也無補益。這種角色，更適合於生活在「豬的城邦」（蘇格拉底的語言），不宜生活在「人的國度」。然而當下的人類社會，卻佈滿西門慶與豬八戒。

66

豬八戒身上有許多可笑之處，但最致命的缺點是自私。心胸被貪婪所佔據，見到食與色，就激動、就亢奮，只想多吃多佔，不想多勞多辛苦。有點小本事，但幾乎不獻給他人，只想到自己。有點小聰明，也很少用於正道，倒是會在歪門邪道上要出小伎倆。要看國民劣根性，豬八戒倒是一面鏡子。其參照作用，遠勝於阿Q。

67 論外形，豬八戒似豬，孫悟空似猴，都屬動物，但論起「性情」，二者卻大不相同。豬八戒滿身動物性，孫悟空卻滿身植物性。植物只需陽光與水，沒有肉慾與性慾的渴望，而動物則充滿食的飢渴與色的飢渴。此外，樹木總是獨自挺立，正直潔淨，而動物則常常爬行於人前與地上。孫悟空既是神性大於人性，又是植物性大於動物性。豬八戒往往相反。

68 唐僧幾度被魔鬼所騙，幾度被魔鬼所俘，幾度差些被魔鬼吃掉，但他還是依靠孫悟空的超常本領和自身的超常信念，一步一步走到靈山。能夠完成這段征程，原因多個，而最重要的是佛在他心中，佛的感召力化作唐僧師徒的凝聚力。這種力量是看不見的無形千鈞棒，它粉碎了征途中所有的困難和誘惑，對付妖魔，孫悟空手裏有鋼鐵的千鈞棒，唐僧心裏也有鋼鐵的千鈞棒。

69 唐僧一行路過西梁女兒國時，美麗絕倫的女王真心愛上唐僧，她願把王國贈予唐僧，讓唐當國王，自己為後。面對這位絕色女王，孫悟空的千鈞棒無能為力，只有唐僧自己的心力可以渡此難關。渡鬼門關易，渡美人關難。

70 吳承恩在《西遊記》中塑造了豬八戒這個形象，劇作的初衷也許只是為了使作品增加一些喜劇感，可是，這個形象卻為讀者提供了一個中國國民性的樣板。換句話說，了解豬八戒這個形象，便可了解中國國民性的大半。老豬是那麼自私而粗俗，平素懶洋洋，可是一聽到有好吃好喝或有漂亮女子，精神就來了，而且迫不及待地想弄到手。完全不顧他人的痛苦和不幸。在高老莊，他隱瞞自己的豬相，騙取了良家姑娘的婚姻，只顧自己取樂，完全想不到會給別人造成怎樣的災難。在中國，這種貪圖一己之私而不惜毀滅他人青春與前程的事情經常發生。

71 孫悟空費了很大的心思，甚至鑽入鐵扇公主的肚子裏拳打腳踢，才借出芭蕉扇，可是豬八戒卻在唐僧、沙僧面前謊稱這是他的功勞。他對孫悟空不僅不感激，而且還想吞食孫的「戰鬥成果」。豬八戒這種不誠實，包含着冷酷的貪婪和自私。孫悟空作為「師兄」，一路拼殺，豐功偉績，但豬八戒始終未能心悅誠服地加以頌揚和禮讚。他長得很醜，卻很在乎自己的面子，他的小聰明，使他明白，師兄的光輝也有損他的面子。

72 中國世俗社會，其眾生大約也是唐僧徒弟似的三類人，一類是本事很大、心地很純的優秀精英，如唐僧、孫悟空；一類是本事一般但老實厚道的普通人，如沙僧；還有一類則如豬八戒，這是本事一般、心思卻相當複雜的凡夫俗子。中國歷史上能夠造反並坐上龍位或英名遠播的，多數是第三類人，像劉邦、朱元璋等，原先都是豬八戒。

73

唐僧、孫悟空到西天取經，一路拼搏。他們的戰鬥生涯，最艱難的並非戰勝妖魔鬼怪，而是戰勝自己。即勝洞穴中之魔怪容易，勝自己心中的魔怪很難。豬八戒到了靈山，也沒有戰勝自己心中的貪婪、自私、狡黠等。孫悟空一路上幾次灰心，幾度消沉，他克服自己的委屈、計較、頑皮等，比克服紅孩兒、白骨精等還難。至於唐僧，他經受巨大的誘惑，要克服突然冒出的慾念，也不是簡單的事。幾回在美女妖魔之前掙扎，與其說是與魔鬼搏鬥，不如說是和自己搏鬥。孫悟空鬥不過妖魔時，還可以去求天神與菩薩幫忙，而與自己身上的鬼怪搏鬥，神仙則一點也幫不上忙。

74

自從孫悟空在《西遊記》中誕生之後，中國人其實就有了一個偉大的榜樣：保持天生的單純、正直與善良，穿狂風巨浪去向高人學得一身真本領，為自由與尊嚴敢於挑戰任何帝王權威，行為過度時甘受五行山懲罰，得解放後神通廣大卻願意接受約束，隨心所欲而不逾矩，戰功赫赫而無成就感，戰果纍纍而從未喜形於色，即使成佛成道，也無佛相道相，只存一顆平常心，漫漫生涯只做好事，冥冥之中只知盡責。

75

自從唐僧形象在吳承恩筆下形成之後，中國人的價值觀便有了一個偉大的飛躍。即知道有一樣「東西」價值無量。這「東西」比帝王的寶座更尊貴，比天宮的榮華更耀目，比財富美色更珍奇，比生死榮辱更重要，它值得人們為之獻身，值得人們為之經受任何苦難，值得人們為之捨棄一切。這種「東西」，就是真理。在唐僧時代，真理就是佛經。唐僧是這一真理的絕對追求者。他告訴中國人，人世間什麼是最高價值。

76

豬八戒只有美食意識、美女意識和各種低級潛意識，如求生意識、謀生意識等，但他沒有奉獻意識，沒有道德意識，也沒有個體尊嚴等高級意識。其長處是沒有什麼深心，也沒有什麼機心與野心，所以他成了很好的逗趣對象和取笑對象，但絕對成不了人們的尊敬對象。吳承恩沒讓如來給予封佛，即未讓他成為人們燒香致敬的對象，只讓他擔當「淨壇使者」享受供奉，如此安排，非常恰當。

77

孫悟空作為英雄，其最大的弱點是缺少精神嚮往。因此在漫長的取經路上，他只能成為唐僧的衛士，很難成為唐僧的知音。對於佛，他也只有崇拜，未能真有理解。他與諸菩薩交往，也都是實用性來去，從未有過靈魂共振。我們可以讚美孫悟空的身心雄偉，但不能說孫悟空精神世界豐厚廣闊。

78

孫悟空的傑出，主要是表現於行為語言，而不是口頭語言。他的行為都是大行為。前期的行為（大鬧天宮等）驚天動地，後期的行為也不同凡響。他不算志士，但確確實實是個戰士。前期是為自由而奮鬥的戰士，後期是為真理而奮鬥的戰士。他的行為語言寫在天空中、寫在森林裏、寫在滄海中、寫在長征的大地上。所以，我們一提起孫悟空，就神旺、就快樂、就意志飛揚。

79

《西遊記》把豬八戒的小生產者性格寫活了，他一出現，就讓人開心。中國太多豬八戒，太多這種自私而不自知、貪婪而不自明的人。正因為人間太多不自知自明的豬八戒，所以佛教才要呼喚「去我執」。人的國度已變成「豬的城邦」，國民們還充滿豬的執着，不知解脱，這還了得？中國幾千年的農業社會，以種植小耕地和家養小牲畜為生，深知牲畜的性情，卻被畜性所浸染。《西遊記》提醒中國人，不可像豬八戒那樣生活：整日想入非非，卻不得要領，不知活着為什麼。基督教重在鼓勵人們進入天堂，佛教重在提醒人們擺脱地獄。這地獄，就是我執與法執。自我是自我的地獄，而且是最難衝破的地獄。豬八戒執迷於色，執迷於那些渺小的慾望，便是陷入自我的地獄。高行健在《逃亡》劇中説，自我的地獄隨身性特別強，它會跟着你走到任何一個天涯海角。豬八戒已走到天宮裏去了，即已走入天堂，但還是要調戲嫦娥，並由此被貶入下界，所謂掉入地獄，掉進去的正是自我的地獄。

80

基督數《聖經》的「舊約」給人巨大的精神壓力，佛教雖有戒律，但沒有這種壓力。緊箍咒是佛祖外加給孫悟空的，大英雄需要大約束。可惜許多帝王、元首、總統都不知道這個道理。大人物一旦失去大約束，就為所欲為，變成大壞蛋。許多大人物都成了大壞蛋，原因就在於此。

81

《西遊記》具有四對雙邊結構，一是唐僧與孫悟空的師徒結構，二是孫悟空與豬八戒的師兄弟結構；三是天人互補結構；四是神魔、人魔互動結構。第一對結構蘊含自由與限定、英雄與聖賢互補的哲學提示；第二對結構蘊含真諦與俗諦、本真角色與世俗角色的區分、矛盾、對照等哲學提示：第三對、第四對結構則是中國天人合一、人神同台、物我不分的形上思路的呈現與展示。這四對結構使《西遊記》精神內涵更深邃，又使小說的審美形式更多彩多姿。

82

文學事業是心靈的事業，觀察文學，不是觀察其「風動」與「幡動」，即不是關注其故事情節，而是關注其「心動」即心靈信息。以此觀之，便可看到，《水滸傳》充滿凶心與忍心（缺少不忍之心），《三國演義》充滿機心與野心。唯《西遊記》與《紅樓夢》充滿童心與佛心。孫悟空的童心經過佛的洗禮，變成佛心。所謂佛心，乃是慈無量心，悲無量心，舍無量心，喜無量心。而童心則只是單純之心與真摯之心。賈寶玉走出賈府之前，僅展示童心和佛性，離家之後，他的童心將會有一番向佛心提升的過程，那是另一番故事，可惜曹雪芹沒有完成。

83 《西遊記》中打得最為激烈、也是勝敗最難分曉的戰鬥，是真假孫悟空的較量。首先是難斷誰真誰假，連唐僧、太上老君、觀音菩薩都分不清，最後只好請佛祖親自判斷。這段故事說明，真我與假我的搏鬥最為激烈也最為艱難，人要認識自己與戰勝自己，絕非易事。去我執，不是除卻真我，而是除卻假我。但假我堅固而強大，極難戰勝，往往比戰勝外部妖魔更難。

84 《紅樓夢》裏的真假寶玉也有一番「假作真來真亦假」的糾葛，那位甄寶玉見到賈寶玉之後，說了一通立功、立德、立言的酸話，讓賈寶玉非常失望。兩人的外形一模一樣，但內心卻完全相反。賈寶玉是寶玉的本真角色，甄寶玉是寶玉的世俗角色。人（個體）自身的分裂，人不認識自己，世俗角色遠離本真角色，世俗角色不認識本真角色，最後，世俗角色又教訓本真角色，這是人類普遍的悲劇，難以發覺又非常不幸的悲劇。無數的聰明父母與教育者正在處心積慮地教育下一代如何當好甄寶玉，即當好世俗角色，教育主體並不知道何為本真角色。

85 在中國二三千年的文學發展史上，喜劇文學不豐厚，但產生了兩部偉大的喜劇作品，一部是《西遊記》，一部是《儒林外史》，後者把千百萬中國士人所追逐的科舉制度化為一笑，而《西遊記》則把森嚴的專制等級統治制度化為一笑。這兩次千古笑，讓飽受壓迫、飽受苦難的中國人民也跟着燦然一笑。《西遊記》用最通俗的藝術形式傳達了中國人民內心的憤懣與嚮往，這是關於反抗專制與嚮往自由的吼聲與笑聲。中國倘若有一個上帝，而且設置了「喜劇精神自由獎」，第一個應授予莊周，第二個應授予吳承恩，第三個應授予吳敬梓（《儒林外史》作者）。

86 五百年來，四大文學名著天天都在塑造中國的民族性格，時時都在影響中國的世道人心。不但影響下層社會，也影響上層社會。其影響，不用說薩特、傅科比不上，即使馬克思、列寧，也難企及。因為理論家只能影響人們的頭腦，而四部名著則扎扎實實地薰陶人們的心靈，進入人們的潛意識深處，形成集體無意識，即新的民族性格。

87 二十一世紀開始之後，我贏得了一次解脱。這是從習慣性的人文枷鎖中走出來的解脱。學問的姿態、寫作的腔調、高頭的講章等，都是枷鎖。姿態就是「相」，就是「表演」。金剛經提示人們去「我相」、「人相」、「眾生相」、「壽者相」，但沒有提示人們去「學者相」、「作家相」。有這兩種「相」，就會丟失表述的真誠。

十年前，我就在《二十一世紀》上寫道：當代學界太多學術的姿態，太少追求真理的熱情。換句話說是太多相，太少心靈，太多「要什麼」（功利），太少「什麼也不要」。這就不真誠。其實，無目的，無企圖，為學而學，為詩而詩，無相無姿態，才是真學人真詩人。孫悟空作為大英雄，他沒有一點英雄相，更沒有半點救星相。單純勇敢的他，見不平就反，見妖魔就打，見菩薩就敬，見假面就揭。絕無人世間那些姿態與酸氣。

88

提起孫悟空，年青時總是想到他「三打白骨精」，如今年邁了，卻更佩服他的「三鬧帝王殿」，即大鬧玉皇殿、龍王殿、閻王殿，痛打人人厭惡的妖魔難，痛打人人害怕的帝王更難。挑戰兩者都需要勇氣，但挑戰後者更需要膽識。前者是壞蛋，後者是權威。與白骨精較量，即使失敗也屬英雄；而與帝王較量，失敗了便是賊寇。

89

《西遊記》沒有寫成《封神演義》，很了不起。唐僧與孫悟空最後均被封佛，但吳承恩沒有把自己的作品寫成「封佛演義」。《封神演義》屬三流小說，其致命傷是書中只有「風動」、「幡動」，而沒有「心動」。《西遊記》則不僅有精彩的風幡之動，而且更有精深的心動。其童心、其佛心、其相兼的英雄心與平常心，都寫得極其真摯動人，不像《封神演義》那樣，只有離奇情節，沒有心靈詩意。

90 在孫悟空的詞典裏，似乎沒有「困難」二字。說他在取經路上歷盡「艱難險阻」，那是讀者的描述，並非孫悟空的感覺。他完全沒有世俗的長籲短嘆，沒有人類的悲喜歌哭，也沒有神氣鬼氣酸氣朽氣等。他有猴氣，那是孩子氣而不是流氓氣；他有虎氣，那是英雄氣而不是霸王氣。他的生命，是充滿朝氣和勇氣的氣場。

91 康德寫過「何為啟蒙」的著名文章。他所定義的啟蒙乃是對勇敢精神的喚醒。從這個意義上說，孫悟空的故事是最好的啟蒙故事。他的行為，是對奴隸性蒙昧的提醒。它啟迪人們：無論是在帝王將相等各色權威面前，還是在妖魔鬼怪等各種邪門歪道面前，人都不可以失去自己的尊嚴與勇敢。

92 在中國文學中，我最愛兩顆心靈；一顆是柔性的，《紅樓夢》中的賈寶玉；一顆是剛性的，《西遊記》中的孫悟空。兩顆心靈原先都是石頭，通靈後卻變成至柔與至剛。至柔者在脂粉釵環的包圍中生活，至剛者在妖魔鬼怪的包圍中打拚。儘管環境極為不同，但都通向至真至善至美的詩心。所謂詩心，乃是我們所夢想、所嚮往的跳動於未來的心靈，是人類此刻還不具備、但以後可能成為現實的心靈。這種心靈，簡單混沌，卻很豐實。這種心靈現實感並不強，但它又傳達了現實人的嚮往。

93 中國的文學四大名著，從審美形式（藝術技巧）上說，都堪稱經典。但從精神內涵上說，雙記（《石頭記》與《西遊記》）與雙典（《水滸傳》與《三國演義》）則有天淵之別。雙記是好書，雙典是壞書。具體地說：《紅樓夢》是中國的情感集成；《西遊記》是中國個體自由精神的象徵。《水滸傳》是中國農民革命的聖經；《三國演義》是中國心機心術的大全。中國人從小就讀這四部經典，即從小被這四部小說所塑造。如果說，傳統的中國人是被老四書（論語、孟子、大學、中庸）所塑造，近現代中國人則更多是被新四書（紅、西、水、三）所塑造。所以現在可以看到四種中國人，即三國中人，水滸中人，紅樓中人，花果山人。前兩種人已在統治中國，後兩種人則極為稀少。

94 文化地緣學常研究「氣場與人」的關係。氣場確實會影響人的氣質、性情等，例如中國的幽燕多豪氣，出了許多俠客；浙江多戾氣，就出了勾踐、魯迅等許多不屈不撓的硬漢子；五台山、峨媚山多祥氣，那裏就出了許多著名的和尚聖僧。舊上海多市儈氣，就出了許多大流氓。《西遊記》中，唐僧身上擁有許多祥氣，孫悟空身上則有許多勇氣，豬八戒身上大半是俗氣，而沙僧比較實在，讓人感受到的是拙氣。《西遊記》第三十九回寫道：「那八戒上前就要度氣，三藏一把扯住：『使不得，還教悟空來！』那師父甚有主張，原來，豬八戒自幼兒傷生作孽吃人，是一口濁氣；唯行者從小修持，咬松嚼柏，吃桃果為生，是一口清氣。」這段書寫，以氣識別不同生命。讓我們知道，孫悟空一身清氣，豬八戒一身濁氣。勇氣加清氣，正是真英雄。俗氣加濁氣，則是豬王國。

95

孫悟空是人嗎？如果是人，他是什麼人？這個問題從少年時代就在我的腦子裏回旋。後來，我終於明白，孫悟空乃是「宇宙人」。他的存在是宇宙存在，他的生命速度乃是宇宙速度（一個筋斗十萬八千里不是人間速度），他的眼睛乃是宇宙眼睛（千里眼），他的武器乃是宇宙武器（可無限伸延、可頂天立地的千鈞棒）。因為是宇宙人，所以他沒有地球人的長籲短嘆，沒有世俗人的喜怒哀樂。也沒有什麼困難感、成就感。甚至也沒有生老病死的苦惱。那些龐大的權力財富，那些不可一世的宮廷權威、帝王將相，在他眼裏也不過是些轉眼即逝的「勞什子」。他永遠充滿活力，其生命沒有兒童時代、青年時代、老年時代的劃分，他不僅生活在時代之外，而且生活在時間之外，完全是個超生死、超時間的存在，也可以說是超存在的存在，因此，他徹底地掙脱了人間鎖鏈，成為大自由人。

96

賈寶玉到地球走一回，雖看透功名利祿，卻還未揚棄脂粉釵環。而孫悟空則與世間的一切毫無瓜葛。他乃是天地所出，唐僧介紹他時，稱他為傲來國花果山水簾洞人氏，其實連籍貫也沒有，正因為他無牽無掛，所以贏得了最高自由。

不像賈寶玉那樣，還得對父親心存畏懼，也得屈從父母安排的婚姻與世俗生活。可惜世間並無孫悟空，這位花果山人，只是吳承恩的夢中人而已。

97 賈寶玉和孫悟空這兩個石頭變來的生命，到地球走一回，同樣都發現人間妖魔。孫悟空發現後窮追猛打。賈寶玉則發現另一種妖魔，這就是功名利祿。孫悟空與賈寶玉都感覺到，地球人全被名繮利索所困，也全被妖魔鬼怪所騙。所以把短暫的人生全拋入虛幻的追逐之中。妖魔鬼怪總是用美色裝扮自己，功名利祿也塗抹種種色彩，二者殊途同歸，歸於對人的毀滅。

98 吳承恩稱孫悟空為心猿。人生來不自由，心生來也不自由。於是，人類便想像出一種讓心靈自由馳騁的生命，從心中產生，又可代表心靈的生命，於是，就想出自由自在、神通廣大的心猴子，這便是心猿。心猿可以飛天，可以入地，可以抵達心靈無法企及之處，實現生命全部夢想。

99 《西遊記》中的眾多妖魔，有三個共同點。一是都善於偽裝，二是都企圖「長生不老」，三是都喜歡喝人血、吃人心。其實，三項都是人性弱點。妖魔或裝成美女，或裝成孤老，或裝成帝王，甚至裝成唐僧和孫悟空，都是為了騙人。不誠實，會騙人，這是人性的基本弱點。而畏死，這乃是本能。尤其是擁有巨大權力、財富、功名之後，更怕死，更想長生不老，如秦始皇，就拼命尋找長生不老藥。至於喜歡喝人血、吃人心，許多帝王將相、達富貴人，都是食客，其實，我們所經歷的歲月，就看到許多「掘心自食」和逼人「交心而食」的現象，只是自己當了吸血鬼與食心者而不自知，或知而不承認。

被五行山關壓了五百年，這對於孫悟空而言，只是瞬間：蟠桃、人參果，幾千年一熟，這對於神仙而言，也是瞬間。孫悟空作為理想形象，乃是不死不滅不亡，即超越時間限定的英雄。唯有此等英雄，才不怕權力壓迫，才不怕火爐燒烤，才不怕妖魔加害，也才不怕天上玉皇、地上龍王、陽間豪強、冥界閻羅等。也才能擺脫天堂的誘惑，地獄的威脅，獲得真自由、大自由。可惜這一切只是文學所編織的夢。

100

唐僧一行到了比丘國之後，發現國王萎靡不振，中了「妖氣」。妖魔鬼怪除了妖身、妖心、妖伎倆、妖組織之外，還有妖氣。妖氣看不見，但它卻四處瀰漫，甚至會覆蓋一切。妖氣即妖魔氛圍，它能迷惑人、毒害人，往往比妖魔本身更可怕。我曾説過，專制包括專制制度、專制人格、專制語言、專制氛圍等層面，而妖魔也包括妖魔組織、妖魔伎倆、妖魔氣息等層面。人們通常譴責那些喜歡裝扮的女子為「妖精」，而《西遊記》所指的妖氣，則是妖魔鬼怪的一種手段，有如世間的迷惑、人的花言巧語，即騙人的意識形態。比丘國國王感染了妖氣就如同中了邪，變成妖魔的傀儡。

101 孫悟空本事超人，他可以騰雲駕霧，升天入地，但他卻真誠地追隨唐僧，一步一個腳印地行走在取經的崎嶇路上。唐僧給他命名為孫行者，非常傳神。他從「超人」變為「行者」，給我們很大的啟迪，它告訴人們：人生真諦，恐怕不在於「及時行樂」，而在於「及時行走」。行萬里路，走萬座山，生命就充實了。孫悟空的生命詩意，既是「打」出來的，也是「走」出來的。

102 孫悟空戰勝妖魔鬼怪，除了靠力量之外，還靠智慧，他化作小蟲小果子一次又一次地鑽入強敵的肚子裏，除了鑽入鐵扇公主的肚子裏拳打腳踢之外，還鑽入三頭巨鷹和黃眉童子的肚子裏倒海翻江，他甚至還會扮演成假唐僧、假魔鬼去和真魔鬼周旋。他的武藝舉世無雙，他的智慧也無人可比。戰勝敵人，不僅要「力取」，還要「智取」。

103 效法孫悟空，不是學習他的武藝與變術，這是永遠難以企及的，但可以學習他的生命態度。他總是坦坦蕩蕩，打仗時坦蕩，頑皮時也坦蕩。如果他是人類，便屬於端人，即正派人、正路人。做事靠自身本領，絕不搞陰謀詭計。做人靠自身的健康與強大，絕不誇張撒謊，撥弄是非。

104 孫悟空被如來佛祖封為「鬥戰勝佛」，倘若賈寶玉被封，那應是「不鬥不戰也勝佛」。二者都有道理。前者為積極自由精神的象徵，後者為消極自由精神的象徵。二者最後的歸宿均模糊化，如果讓我們加以猜想，孫悟空應返回花果山，賈寶玉應返回大荒山。「鬥」還是歸於「不鬥」。

105 《基度山恩仇記》中有句名言說，開發人類智力的礦藏是少不了要由患難來促成的。唐僧、孫悟空不遠萬里到西天取經，這是開發人類智力礦藏的偉大跋涉，跋涉的過程正是患難的過程。成功與患難總是結伴而行。

106 「手段」比「目的」更為重要。孫悟空武藝高強，神通廣大，神出鬼沒，而且擁有最強大的武器，一把會伸能縮、可以頂天立地的金箍棒，但他不傷害人，更不像武松、李逵那樣濫殺無辜。他造反，也只是挑戰、搗亂、宣泄惡氣，既不殺人，也不殺神，幾乎是一種遊戲人生。他和天宮天庭、天兵天將打仗，也幾乎是在玩耍，並不流血。他破壞仙桃天宴，只讓仙女們不能動彈，不會喊叫，並不傷害她們，也不調戲她們，手段十分文明。

107 孫悟空和唐僧這個「師徒結構」，意蘊極為深厚。它包含多重內涵：首先唐僧的緊箍咒是宗教對孫悟空的制約與限定。造反者的自由也受到限定。不可濫殺無辜是緊箍咒的規則和底線，孫悟空因為有此限定，所以他才沒有變成牛魔王，而是把取經的道路走到底，終成正果。在大鬧天宮之前，他就與牛魔王結拜兄弟，二者相近。但牛魔王不加修煉，又未能得唐僧指引，所以走向魔鬼之路，娶了鐵扇公主，不僅作惡多端，連對鐵扇公主也不真誠。好吃好喝好鬥又好色，與孫悟空完全兩樣。可見英雄並非我行我素、胡來胡去的妖怪，而是本領非凡又是接受制約的天地之才。其次師徒結構，又是自由、平等、博愛三位一體的結構。師徒的衝突，不是善與惡的衝突，而是善與善的衝突。「兩善」的衝突，比善與惡的衝突更為複雜，更需要佛陀指點迷津。

108 孫悟空不管如何頑皮、如何造反、如何變幻莫測，但總是讓人感到他的天真在，他的純樸在，他的正直在，即他的善性在。他很會變易，變得讓人眼花繚亂，但他身心上卻有一種堅硬的「不易」，任艱難、委屈、誤解，乃至種種妖法魔法都無法改變的品性，這就是他的善性。不易之善性，乃是他的生命本體。

109 孫悟空與唐僧，一直生活在本真世界中，而豬八戒雖是孫、唐的同路人，但一直生活在世俗世界中。八戒帶着世俗要求走向取經之路，其身上的癡、貪、嗔等弱點，正是佛教要克服的人性弱點。《西遊記》告訴我們，即使是豬八戒，他身上也有佛性，他有小狡猾等小生產者的秉性，但沒有虛偽、圓滑、世故，也不濫殺無辜，所以也有成佛的可能。

110 唐僧及其弟子，共同去取經，並不要求隊伍的純粹。其中既有真諦的代表（孫悟空），也有俗諦的代表（豬八戒）。有本領極高強者（孫），也有本領一般，但任勞任怨的清醒者（沙僧）。在關鍵時刻，平素沉默寡言的沙和尚總會說出幾句要緊話，連那隻白馬也會發出重要的聲音。各種生命所蘊藏的佛性不同。唐僧懂得尊重不同的個體個性，所以才能獲得取經的成功。

111 《西遊記》與《紅樓夢》一樣，也是部《石頭記》。賈寶玉原是女媧補天時未被選用的一塊多餘的石頭，後來通靈而來到人間，成了世上的一個多餘人。而孫悟空原先也是一塊石頭，後來石頭裂變，出了一隻石猴。這隻石猴到了花果山後，既通靈，還通了變術和武藝。賈寶玉和孫悟空都是世界的異端。一文一武，與人類等級社會皆不相宜，文者演成悲劇，武者演成喜劇。二者的存在形態很不相同，但都有石頭的自然與純樸。

112 《西遊記》的主角孫悟空很少說話，但性情與人類相通。他的主要語言乃是行為語言。他是一個行動的生命。其眼睛是天眼，即千里眼。在太上老君的煉丹爐裏煉了四十九天後變成金睛火眼，能識破各種妖魔，後來成了法眼與慧眼。唐僧修行雖高，但未經煉丹爐的煎熬，所以眼力不如孫悟空。

113 豬八戒雖有許多缺點毛病，但還是個可愛的形象，因為他活得很真實，沒有矯情，一點也不會「裝」。餓了想吃，困了想睡，本能本相，完全不知掩蓋。取經路上，挑重擔的主要還是沙悟淨，但豬悟能也是辛苦角色。在喜劇作品中，他帶給大家許多樂趣。總之，他是《西遊記》中一個很成功的形象。

114 取經之路，乃是追求真理之路。追求路上，充滿妖魔鬼怪、充滿苦難、充滿危險：全程共九九八十一難，每一難的征服，都需要智慧、勇氣和毅力。《西遊記》是中國人追求真理的聖經。這部偉大小說，為中國人立下了「崇尚真理」的品格，也為中國人樹起為真理奮鬥的不屈不撓的偉大榜樣。

115 考察漢民族，應着眼於文化，而不應當着眼於血統。漢民族的血統並不純粹，胡人的血液早已滲入漢族脈絡。但漢文化卻一以貫之，匈奴被漢化，蒙古被漢化，滿清被漢化。所謂漢化，通常只說「漢族血統化」，其實更重要的是「漢族文統化」、「漢族文化化」。我們研究漢民族為什麼不會滅亡，乃是研究漢文化為什麼不會滅亡？巴比倫文明、瑪雅文明、印加文明等都滅亡了，為什麼中華文明即漢文明不會滅亡？

116 周有光先生的思維三段（神學、玄學、科學），十九世紀哲學家孔德早已說過，不算新說。玄學乃是中世紀的產物。用邏輯形而上解釋神學。形而上是哲學中叩問存在的部分，古希臘就有。現代世界，其實三種思維都有。科學思維代替不了玄學思維，認識論代替不了存在論與本體論。佛的神奇與孫悟空的神奇，近乎神學；佛的說教與唐僧的緊箍咒又近乎玄學。

117 與唐吉訶德相比，孫悟空也有「知其不可為而為之」的精神，即大戰風車的精神。天宮、龍宮、閻王殿，都是大風車，但孫悟空照樣挑戰。不同的是，唐吉訶德冒出的是一片傻氣，孫悟空冒出的則是一片靈氣，但二者都守持一片天真與混沌。

118 唐僧的緊箍咒不是道德法庭，而是宗教法庭，它把握的是佛教戒殺的規範，這是英雄主義的補充，也是英雄行善的保證。李逵、武松等，最大的缺陷是缺了這麼一個緊箍咒，所以李逵幾乎變成魔，他熱衷於「排頭砍去」，砍殺時沒有制約。李卓吾用「佛」字點評李逵，顯然不妥。

119 孫悟空與賈寶玉都反叛，但賈寶玉是貴族性的反叛，他的鋒芒不是指向皇帝，而是指向科舉制度和陳舊意識。而孫悟空則直接指向玉皇、龍王、閻王等最高統治者。孫悟空的行為可稱為造反（但不是流血造反），賈寶玉的反叛則不算造反，頂多只算反抗。二者的叛逆，都是精神性的叛逆，孫悟空手中雖有千鈞棒，但這種武器能縮能伸，也有精神性質。

120 孫悟空大鬧天宮，雖屬造反，但他並無一般造反者的目的，如推翻政權，取而代之等。孫悟空沒有私心，沒有野心，沒有革命綱領，沒有革命組織，沒有革命隊伍，一切只是個體的特立獨行。他沒有任何「替天行道」的意識，只是本能地感受到天道不公平。於是他就反抗，挑戰一下至高無上的所謂玉皇大帝。他大鬧天宮起因於「弼馬溫」事件，但他不是嫌官小，而是發現天庭對他極不尊重，他是為個人的尊嚴而奮起反抗的，反得有理。在孫悟空的心目中，本沒有等級觀念，也不懂得官階為何物，所以開始時欣然地接受弼馬溫這頂小烏紗帽。他的不滿是因為他明白給他帶上這頂帽子是對他的污辱。士可殺而不可辱。孫悟空因受辱而反叛。這種反叛乃是天經地義，無可厚非。

121 雷馬克在《西線無戰事》中說：我看到了世界上最聰明的頭腦還在發明武器和撰寫文章，使種種敵視和殘殺更為巧妙，更為經久。唐僧也擁有最聰明的頭腦，他的偉大在於，絕對不用頭腦去發明武器，而是用頭腦去發現文明，他不撰寫文章，但不畏艱險地引入西天撰寫的慈悲文章。

122 孫悟空的英雄性抵達登峰造極的水準，任何力量都打不垮他。天兵天將打不敗他，太上老君的煉丹爐燒不死他，佛祖的五行山也壓不碎他。壓了五百年，但孫悟空還是孫悟空，英雄還是英雄。真正的英雄，絕對不會被任何命運所擊倒。

123 《水滸傳》的英雄主義與中國的大男子主義緊密結合，所以才發生武松殺嫂、楊雄殺妻等慘烈行為。而《西遊記》中的英雄主義卻不沾上任何鮮血，更沒有女子的鮮血。它雖側重歌吟男性，但沒有任何大男子主義的臭味，包括豬八戒在高老莊的行為，也沒有大男子主義的陰影。

124 《西遊記》的主人公所經歷的苦難，包括自然災難，但主要的災難是人間的苦難，即人自身的所作所為。鬼怪總是偽裝成人而做壞事，即披着人皮做壞事。而人總是偽裝成神而騙人，即借神之形而行鬼之實。

125 孫悟空的行為很「野」，如天馬行空，沒有邊際，但他沒有野心。儘管武藝高強，戰功赫赫，尤其是斬妖除魔，更是功比天高，但他總是胸懷一顆平常心，總是跟隨在師父之後，一步一步地走在取經的路上。有本事，又有平常心，才是真英雄。面對高強本領，尼采鼓動「超人」，慧能卻主張做「平常人」。一個有野心，一個無野心，哪個才是真英雄呢？

126《西遊記》也可稱作「變形記」。讀卡夫卡的《變形記》，首先聯想到的就是《西遊記》。卡夫卡筆下的人變成甲蟲，寄意的是現代人在現代生活的高壓下的困境，以及在困境中的物化（動物化）和異化；而吳承恩筆下的人則變成猴、變成豬、變成馬、變成魔、變成妖。寄意的是一部分人確實妖魔化了，在佛眼之中、在金睛火眼之下，他們（她們）只有一張人皮，一旦被戳穿，就只剩下一堆枯骨，沒有血脈與心靈。他們（她們）想的是榮華富貴和吃唐僧肉而萬歲萬萬歲。孫悟空是一個自己會變形而且能識破妖魔變形的英雄。

127《西遊記》的主角，從孫悟空到豬八戒，還有參與取經的沙僧與白馬，都是「妖身」。第一百回裏，歸國的唐僧向唐太宗介紹自己的弟子並攜其入東閣赴宴時，特給唐王先下定心丸說：「小徒俱是山村曠野之妖身。中華皇朝之禮數。萬望主公赦罪。」唐僧的諸位徒弟確實都具妖身，但佛教禪宗告訴人們，心性才是人的根本。作為人，重要的是「心」，而不是「形」，孫悟空的猴形妖身並不重要，重要的是他永遠跳動着一顆至真至善之心。有這顆心靈為前提，再加上他的「齊天」本領，便做出一番轟轟烈烈有益於人類的事業。

128 一切人，一切生命都有佛性，連跟隨唐僧的那隻白馬也有佛性。此馬原是西海龍王之子，屬於王二代，龍二代。唐僧到了毒蛇盤踞的鷹愁澗涉水，此龍二代吃掉唐僧所騎的馬匹，犯有罪責，但在菩薩的指導下，它也改邪歸善，加入取經行列。它甘為唐僧腳力，馱着唐僧登山越嶺，跋涉崎嶇，功勞很大，被如來佛祖封為「八部天龍馬」。這位廣晉龍王之子，原先犯了不孝之罪，但他身上也存有佛性，一旦以身皈法，也可修為正果。說佛法無邊，說到底還是寬厚無邊，慈悲無邊。相信一切生命皆有善根，這是佛教的第一真理。

129 佛教認定，不管你過去有過怎樣的錯誤與罪惡，但只要放下屠刀，便可立地成佛。這種不計前科、不查出處、不算舊賬的博大寬容性，給一切罪人展示了再生的可能。豬八戒原是天河水神，天蓬元帥，但在蟠桃會上卻酗酒調戲仙娥，被貶到下界後變成半畜半人，又在福陵山雲棧洞造孽，還鬧出高老莊的醜劇，但他走上取經之路後一路挑擔，十分辛苦，最後雖未封佛，但也被升為汝職正果，做淨壇使者。而沙和尚沙悟淨，本是天上捲簾大將，先因蟠桃會上打碎了玻璃盞而被貶入下界，後又在世間流沙河裏傷生吃人，造成罪孽。但皈教皈法後，一路保護唐僧，登山牽馬，不辭勞苦，最後也被如來封為「金身羅漢」。《西遊記》所體現的佛教寬容，與當下世界的查三代、記前科、存檔案、究出身等政治技巧，很不相同。

130 取經完成後，如來給唐僧師徒封號。唐僧、孫悟空皆為佛，而孫悟空關心的只有一事。他問唐僧，既然我已成佛，那麼頭上的緊箍咒是不是可以去掉。最在乎的還是自身的自由。孫悟空雖會七十二變，但其童心則永遠不變，爭取自由之心也永遠不變。他被封為佛後跳動的還是一顆童心。

131 沒有佛教的東傳，就不會有兩部偉大的「石頭記」，《紅樓夢》與《西遊記》。兩部經典均佛光普照，均有大慈悲。賈寶玉的大慈悲是愛一切人而無仇恨機能。孫悟空的慈悲雖廣大無際但有仇恨，他恨妖魔鬼怪，與之戰鬥到底，但他的恨，歸根結底也是愛。愛平民百姓，愛一切生靈，愛師父唐僧。為了保護師父，他才不得不出手，不得不怒目橫對那些偽裝的妖孽。愛的對立項不是恨，而是冷漠。

132 《西遊記》給中國人民兩個偉大的啟迪：一是尋找真理（取經）之路絕不平坦，它註定崎嶇坎坷，經受九九八十一難在所難免，到了目的地，還有一難。二是像孫悟空那樣爭得自由，就必須不怕千辛萬苦去求道求術，也不怕千辛萬苦去求經求佛。有本領才有自由，有至善至真之心才有自由。

133 孫悟空並無行善意識，也無自由理念，但他卻有善的本能和自由的天性。他的一切英雄行為，都是心性使然，而非認識所致。換言之，孫悟空與賈寶玉一樣，石頭軟化、靈化後變成一顆心，一切都是心動，而不是頭腦的預設。即一切都出自本體論（心性本體），而不是認識論。

134 施耐庵把李逵、武松寫成正義的化身，道德的化身，但李逵那把斧頭，不僅砍殺官兵，砍殺敵人，而且砍殺戀愛中的男女，砍殺好人。吳承恩也寫孫悟空造反，但不把他寫成正義的化身與道德的化身。然而，恰恰是孫悟空呈現了人間正義，自然道德。他的金箍棒只指向妖魔，絕不傷害任何一個好人。

135 孫悟空的善性非常徹底，他不僅不傷人，對於魔，他也不是一概殺戮，而是分清妖的由來，尤其是對於只有慾望而無罪惡的妖魔，他更是放其一馬。如對天竺國的假公主，她是玉兔精，對真公主雖有怨但未傷害，對唐僧只是慕名貪戀而不像其他妖怪想吃唐僧肉。所以經過激戰戳穿其妖形之後，他還是聽從太陰星的勸説，放玉兔返回月宮。以善對待和自己進行過惡戰的「敵人」。

136 《西遊記》的詩詞遠不及《紅樓夢》，從總體上説，它比較淺露，缺少含蓄，也缺少韻味。尤其是缺少內在情韻與內在神韻。相當多的詩類似打油詩。這是《西遊記》審美形式上的一大缺陷。第二缺陷是大鬧天宮那幾回之後的幾十回，均寫取經路上遇妖除魔的故事，情節大同小異，能讓讀者獲得新鮮感的故事不多。不像《紅樓夢》那樣，回回都很特別，令人回味無窮。

137 從審美風格上說，《紅樓夢》屬秀美，即陰柔美；而《西遊記》則屬壯美，即陽剛美。二者的審美基點雖不同，但其至真至善之情則完全相通。孫悟空與賈寶玉都極純粹，極正直，極忠厚。兩人的情感形態不同，一個是溫情（賈），一個是豪情（孫），但二者都無矯情。

138 《紅樓夢》是悲劇，《西遊記》是喜劇。除此之外，還可以說，《紅樓夢》又是荒誕劇，而《西遊記》則是怪誕劇。孫悟空，形雖怪誕，但神情很剛正，不可視為荒誕。而《紅樓夢》中的賈赦、賈璉、賈蓉、賈瑞，以及薛蟠等，則是形為貴族，實則是偽君子、嫖客、色鬼，他們的人生，只是一場又一場的滑稽、荒唐戲。

139 孫悟空與豬八戒的區別，除了本領的高低之外，最大的不同是豬八戒有慾望，而孫悟空沒有慾望。孫悟空一不好吃，二不好色，三不羨慕榮華富貴。無欲則剛，所以他成了不敗金剛。孫悟空的英雄性，不僅表現為「無敵手」，而且表現為「無慾望」。有前者，才能戰勝艱險；有後者，方可戰勝誘惑。

140 歌德筆下的浮士德，與魔鬼打賭：一生進取，倘若滿足即成其俘虜。孫悟空一路打過去，也在與魔鬼打賭，但從未當過魔鬼的俘虜。他與魔鬼賭的首先是眼睛，能看穿偽形即勝利，不能看穿即失敗。唐僧看不穿，因為他只有經書的澤溉，缺少煉丹爐的煎熬。孫悟空之所以戰無不勝，除了仰仗老師的傳授，還仰仗於煉丹爐的磨煉和對手的磨難。

141 《西遊記》中有一個關鍵詞常常被忽略，這就是「心猿」（參見第八十五回，其標題為「心猿妒木母，魔主計吞禪」。第七回：「八卦爐中逃大聖，五行山下定心猿。」第八十八回：「禪到玉華施法會，心猿木母授門人。」）孫悟空的歷程便是從石猴化為心猿的過程。猿是他的相，心是他的本。孫悟空與賈寶玉一樣，乃是一顆純正的心靈。他的大鬧天宮、大鬧龍宮、大戰妖魔，從表相看，是身動、器動（金箍棒動），實質上是心動。即表面上是武器（金箍棒）的批判，實質上是精神的批判。孫悟空之所以感人，正是他的武功令人眼花繚亂，心地卻極為純樸。整個心靈總是投向為人類解脫各種壓迫壓抑的事業上。他是最勇敢、最無私的心靈，也是最生動、最靈驗的英雄佛。有這尊英雄佛在，中國就不會缺少勇敢和善良。

142 《西遊記》寫孫悟空不服唐僧指責，萌生「二心」，結果發現假行者應運而生，假孫悟空與真孫悟空不僅相貌相似，而且本事一樣高強，真假行者打得死來活去，連唐僧、觀音菩薩也辨不出真假，最後只好請示如來佛祖。此節告訴我們：心的分裂，自己和自己打仗，最難了結。戰勝妖魔易，戰勝心魔難。換言之，是戰勝鬼怪易，戰勝自己難。最難戰勝的，還是自己。此回主旨與王陽明的「破山中賊易，破心中賊難」，意思相通。

143 形與神、相與心的反差，往往更能顯現心的高尚、高潔、高貴。孫悟空的外形，《西遊記》多次從不同視角寫他如同妖精，卻突顯出他的心靈格外壯美。雨果《鐘樓駝俠》的男主角，其相貌也十分醜陋，但心地卻很美好。就審美效果而言，形醜給人帶來樂趣，心美則給人帶來啟迪。

144 《西遊記》第一回的詩云：「爭名奪利幾時休，早起遲眠不自由。騎着驢騾思駿馬，官居宰相望王侯。只愁衣食耽勞祿，何怕閻君就取勾？繼子蔭孫圖富貴，更無一人肯回頭。」這首詩與《紅樓夢》首回的「好了歌」相似，主題同一。都是勸止歌。勸告世人從爭名奪利的路上回過頭來，提醒世人放下無窮盡的慾望。尤其難得的是，《西遊記》之歌還直截了當地道破「自由」二字，點明一旦被名利和榮華富貴之念所羈絆便無自由。能放下慾望才有自由，能不羨慕王侯貴爵才能自由。這首自由歌，正是《西遊記》的主題歌、靈魂歌。孫悟空呈現的正是這首歌的自由精神。他的千鈞棒，表面上是打妖魔，從深層看，則是打擊人類的貪婪慾望和名韁利索。

145 唐僧雖至誠至善，但並不完美。他畢竟是人不是神。他苦修苦練，但仍然沒有除盡我執與法執。在妖魔的偽形面前，他總是拒絕聽取孫悟空的陳述，這是「我執」。不僅不聽，還唸緊箍咒，抓住咒語不放，這是法執。因為有此執迷，所以才需要去取經，去尋找認清自己的參照系。成佛得道之後，他放下緊箍咒，既是破法執，也是破我執。

146 孫悟空從石猴變成人類之後，便佔花果山為王、佔水簾洞為主，擁有千萬個猴兵猴卒，算是一方諸侯，自得自在。但他卻不陶醉於自己的安樂鄉中，而毅然辭鄉遠行，到千里之外的荒山野嶺尋找高人並學得一身絕技。從五行山釋放之後，他又隨時可回花果山為王為霸，但他卻不留戀這個小王國的膚淺快樂，選擇千辛萬苦的取經之路。為了尋找真理，他寧可放棄天天接受朝拜的生活，甘願去充當一位和尚的衞士，跟着爬千山，涉萬水。

147 唐僧與孫悟空的師徒結構，並非主奴結構，也非君臣結構，它是陰陽互補結構、文武互補結構、善慧互補結構。因為孫悟空在人格上與唐僧是平等的，他常常善意地調侃唐僧，特別是妖魔化作美女向唐僧求親的時候，他總是一邊解救，一邊遊戲唐僧的尷尬困境。

148 孫悟空頂天立地，但他並非「高大全」的英雄。他頑皮、頑劣，喜歡搗亂，喜歡戲弄，喜歡耍脾氣。他有超人的武功，又有常人的性情。作為文學形象，他既怪誕，又很平實。毫無高大全英雄的面具和矯情，更無意識形態的痕跡。他是英雄，更是個孩子。

149 老子在《道德經》中講述三個「復歸」：復歸於嬰兒，復歸於樸，復歸於無極。此一精彩理念，也可用意象性的語言，表述為「復歸孫悟空」。孫悟空既是英雄，又是「嬰兒」；既有神魔般的豪放，又有石頭般的「質樸」。他身行天地，心馳宇宙，精神涵蓋「無極」。

150 杜斯托也夫斯基在《罪與罰》中讓主人公講了一句話，說「我只想證明一件事，就是，那時魔鬼引誘我，後來又告訴我，說我沒有權利走那條路。」讀《西遊記》，見到唐僧戰勝各種引誘，總是想起這句話。唐僧之所以神聖，就是明瞭，自己選擇的那條路是正確的，就一路走到底。並明瞭，從此之後他再也沒有權利走別的路，包括榮華富貴之路。

151 孫悟空被救出五行山之後，並未立即放下「屠刀」，立地成佛。他還殺了幾個被他稱為「強盜」的人，唐僧批評，他還賭氣跑到龍王那裏喝茶。這之後，觀音菩薩才把如來賜予的「緊箍咒」交給唐僧，孫悟空嘗了咒語的苦頭之後，才正式成為唐僧之徒而走上取經之路。可見，緊箍咒對於英雄孫行者是必要的，儘管唐僧後來唸錯了幾回咒語。

152 從藝術成就上說，至少有兩點《西遊記》遠遠不及《紅樓夢》。一是女性形象的塑造，《紅樓夢》塑造了林黛玉、薛寶釵、史湘雲、王熙鳳、妙玉、秦可卿、晴雯、襲人、鴛鴦等個性豐富的形象體系，很了不起。每一個體都是生命極品，都是不朽的生命圖畫。而《西遊記》只有男性的精彩（孫悟空、唐僧等均是男性），沒有女性的精彩。其中的美麗女性如天竺國公主、寶象國女王，女兒國國王等也只是抽象的符號，雖美如仙子，卻毫無血肉，更無內心，沒有一個能活生生地站立起來。

153 吳承恩筆下的英雄，最美的人物形象都是男性。而女性，要麼很蒼白，要麼很抽象。最美的女子多半是妖精（或取妖精的皮，或做妖精的形，或本身就是妖精）。多數的魔鬼都偽裝成美女，孫悟空打殺的較多也是美女妖精。吳承恩彷彿也是一個大男子主義者，對女子很不信任。如果說《水滸傳》是屠殺婦女，《三國演義》是利用婦女，《紅樓夢》是禮讚婦女，那麼，《西遊記》則是懷疑婦女。

154 《西遊記》與《紅樓夢》一樣，不僅書寫人間，還書寫天界。《紅樓夢》呈現的天界，是警幻仙境，這是曹雪芹的烏托邦；《西遊記》呈現的天界，則是權力秩序，這是地上權力王國的翻版，吳承恩顯然厭惡這種秩序，所以讓孫悟空去把它攪亂。吳承恩的烏托邦不在人間，而在自然界。《紅樓夢》的烏托邦是女兒國，《西遊記》的烏托邦是沒有女性的花果山。

155 《紅樓夢》中充滿情愛悲劇和情愛故事。而《西遊記》則沒有愛情故事，也沒有愛情悲劇，所以尚未進入情愛的兒童愛讀，脫離情愛的老人也可讀，唯處於戀愛中或充滿情感嚮往的青年人恐怕沒有耐心讀下去。

156 《水滸傳》和《西遊記》都想救世，前者想「替天行道」，後者想「替佛行道」，目的無可厚非，但《西遊記》的救世手段是取經，類似西方普羅米修斯的「偷火」，即偷來真理之光明以照亮人心與人間，這種途徑與手段，屬於天經地義，天然合理。而《水滸傳》的救世手段則是火燒火並，打家劫舍，揮斥暴力，橫流鮮血。其結果是世界愈變愈充滿仇恨，愈打愈充滿血腥。不僅救不了世界，個人也難成生命正果。

157 《西遊記》不是神話，不是宗教，不是佛學，但它佛光普照，佛性磅礴。《西遊記》是文學，其心靈、想像力、審美形式，都發揮到極致。它非常生動，非常幽默，非常感人。因為它又擁有宗教的大慈悲與宗教的大視野。

158 人的慾望本無可厚非，然而，一旦慾望膨脹過度就會變成魔。人一旦具有魔的慾望，就會變成白骨精，所以人人都有可能變成「白骨精」。

159 儘管孫悟空大鬧了天宮，天上地上的秩序一點也沒變，玉皇還是玉皇，龍王還是龍王，號令還是號令，威權還是威權，壓迫還是壓迫，奴役還是奴役。說什麼金猴奮起千鈞棒，玉宇澄清萬里埃，完全是妄念。孫的千鈞棒橫掃過後，玉宇還是驕奢淫逸，一片專制。其秩序、其邏輯，一點也沒變。

160 唐僧一行歷經八十一難，踏遍路途艱難，此行給中國人提示：再難也要走到底，任何關口都有佛在。這佛，就是自身的光明。只要師徒協力，只要自身心正、心淨、心明，什麼難關都可以闖過去。

161 所謂「時代症」，病症就在自身。世界的問題全在人自己身上。人生來並非神仙，也非善主。古往今來，宮廷裏弒父、弒兄弟的事件從沒有中斷過。皇帝有幾個好下場？殺來殺去，為了奪取權力。權力大於親情，為了權力，可以六親不認，這是我們看到的歷史和接受的教育。世界難以改造，人性也難以改造。兩千多年前，宮廷裏的刀光劍影，今天仍在重演。人性的貪婪無法改變。中國的國民性，可以認知，可以呈現，但也難以改造。説革命可以改變一切，未必。革命後的未莊還是未莊，阿Q還是阿Q。

162 千鈞棒，為我們出氣，但暴力並不能改造世界。玉宇的澄清、政治的澄明、世道的進步，主要還是靠文化，而不是靠千鈞棒。《西遊記》告訴讀者，「千鈞棒」固然有力，但「萬里路」（文化取經之路）更為根本。固然不能迷信經書，但是更不能迷信千鈞棒。

163 經過千辛萬苦，唐僧師徒終於抵達靈山。靈山本是西天的極樂世界，人間淨土。可是，世上並無理想國。佛國也不是淨土國。佛國之王如來佛祖見到唐僧師徒後自然高興，便命身邊的兩大徒弟阿儺、伽葉帶唐僧師徒去藏經閣領取真經。到了閣中，阿儺竟問是否有什麼禮物相贈，公然索取財物。當唐僧説明「未曾準備人事」後，阿儺竟然很不高興，以致「偷工減料」，將櫃下無字經一卷卷拿出來代替有字經，強塞給唐僧。這一情節乃是《西遊記》最後部分的神來之筆。它讓人們知道，連如來的聖徒也不乾淨，連著名的阿儺、伽葉也行敲詐勒索。這一情節

還告訴讀者，對於佛家菩薩可以尊崇尊敬，但不可迷信。（參見《西遊記》第九十八回）

164

阿儺、伽葉向唐僧師徒索「人事」（禮物）不成後，竟用「無字經」敷衍、欺騙遠道而來的聖僧。唐僧忍受不了，只好向如來告狀（望如來救治，見第九十八回），而如來竟為阿儺們辯解。

佛祖笑道：「你且休嚷，他兩個問你要人事之情，我已知矣。但只是經不可輕傳，亦不可以空取，向時眾比丘聖僧下山，曾將此經在舍衛國趙長者家與他誦了一遍，保他家生者安全，亡者超脫，只討得他三鬥三升米粒黃金回來，我還說他們忒賣賤了，教後代兒孫沒錢使用。你如今空手來取，是以傳了白本。白本者，乃無字經……」

原來，阿儺索取「人事」的行徑被如來佛祖所認可。如來是後台。連佛祖也認為「賣經」天經地義，而且只能高價賣，不可「賤賣」。佛祖此番說法令人匪夷所思。然而細想下來，唯有把佛聖化而迷信的人才會覺得奇怪，而對於清醒的識者而言，這倒是佛國的真實。世上並無百分百的淨土。人人嚮往的「極樂世界」、「淨土世界」並不存在。

165 吳承恩筆下的靈山，淨土世界與極樂世界，竟也發生勒索「人事」的醜劇，佛徒們燒香膜拜的如來佛祖竟然也超越不了功利之舉，為勒索行為辯護。可見，在吳承恩極為清醒的意識裏，其烏托邦並非靈山。那麼，他的理想國在哪裏呢？吳承恩的烏托邦既不是天國（玉皇主持），也不是佛國（如來主持），而是花果山。唯有花果山、水簾洞才保持大自然的純正、質樸與和諧，才不受人世灰塵的污染。

166 唐僧們拿到有字真經後，開始了回歸的行程，但在橫渡大河時，因被白鼋作怪，把他們翻倒河中；從而打濕了經書。此時，唐僧十分沮喪。就在此時此刻，平常少言寡語的孫悟空講了一個安慰師父的哲學。第九十九回如此寫道：

……不期石上把《佛本行經》沾住了幾卷，遂將經尾沾破了。所以至今《佛本行經》不全，曬經石上猶有字跡。三藏懊惱道：「是我們怠慢了，不曾看顧得」。行者笑道：「不在此，不在此！該天地不全。這經原是全的，今沾破了，乃是應不全之奧妙也。豈人力所能與耶！」

偉大英雄孫悟空最後說出了偉大哲學，即「天地不全」之哲學。天不完全，地不完全，人不完全，神不完全。這才是真理。求全責備，苛求「金要足赤，人要完人」顯然不妥當。確認天地不全，神佛不全，人類不全，經典不全，才有寬容，才有慈悲。孫悟空最後道破的大哲學奧妙，乃是真知灼見。

167 孫悟空到西天取經，一路打拼，一路吃苦，但也一路生長了，尤其是心靈的生長。他西行的最大成果，不是被封為「鬥戰勝佛」，而是發現了宇宙人間的真理——「天地不全」的真理。天不全，所以要補天；地不全，所以要填海；佛不全，所以經書打濕了不必懊喪；人不全，所以往往辨別不出妖魔；自我也不全，所以才會自稱「齊天大聖」。孫悟空道破「天地不全」之哲學，乃是無字真經，這是孫悟空悟到的真理，也是吳承恩悟到的真理。中國文化作為偉大的時空存在，《西遊記》的這一筆（由孫悟空道破的「不全哲學」）又給偉大存在增添了精彩的一頁。

168 《西遊記》的最後一回（第一百零四回）描寫唐僧回歸長安，拜會唐太宗。御兄御弟親熱一場。這種回歸，乃是向世俗世界的回歸，純屬畫蛇添足。《西遊記》本是取經過程，也是悟空過程，唯有歸於空，看破宮廷御苑等榮華富貴並無實在性，那才擁有思想深度。可惜它卻回歸於世俗，回歸於儒家所建築的秩序。唐太宗為唐僧建築了可藏經書的雁塔寺，讓經書「落實」於凡地。最後這一結局看似圓滿，實則落俗，屬於小說的敗筆。

169 在《共悟人間》中，我和劍梅曾比較過杜斯妥也夫斯基《卡拉馬助夫兄弟們》中的阿廖沙和《紅樓夢》中的賈寶玉。後者最後選擇「逃避苦難」，離家出走。與阿廖沙撲向大地去擁抱苦難的方向不同。二者均有理由。如果把孫悟空和阿廖沙相比，那麼，孫悟空倒是與阿廖沙的選擇非常相像。孫悟空跟隨唐僧到西天取經，正是撲向大地去擁抱苦難，不僅擁抱兩、三樁苦難，而是擁抱八十一樁苦難，在苦難中打拼。東正教的精神是唯有苦難才是進入天堂的階梯，而《西遊記》也告訴我們：唯有苦難才是抵達極樂世界的橋樑。

170 唐僧一行到了西梁女兒國之後，女兒國的國王愛上了唐僧，她不僅極美麗，而且極真誠。她願意付出舉國之富，招唐僧為夫。此時，唐僧面臨着一種比妖魔更嚴峻的美女考驗。這個美女不是一般的美女，也不是因為她是女王，而是她有一種寧棄江山也要唐僧之愛的氣魄。對此，唐僧在愛與信念二者之間作一選擇。唐僧再偉大，也是肉體之軀，他在女王面前不可能不動心，然而，最後他還是作出「信念第一」的選擇。信念重於情愛，取經的使命重於美女的呼喚，他還是繼續走上原來的追求真理的道路。英國的愛德華二世，寧要情侶，不要王位固然感人，但唐僧這種寧要信念不要江山美女的選擇，更了不起。

171 《紅樓夢》中的賈寶玉，別名（前世之名）「神瑛侍者」，他到人間後鍾情於「閨閣女子」，真的以平等心態當了許多貴族女子（如林黛玉、賈寶釵、秦可卿、史湘雲等）的侍者（服務員），也以平等心態當了許多丫鬟女子（如晴雯、鴛鴦、襲人等）的侍者。閱讀《西遊記》之後，就會知道，孫悟空也是一個侍者，但他不是眾女子的侍者，而是唐僧的侍者，即「聖僧侍者」。他以高強的武功，也以真誠的態度陪伴唐僧萬里長征，為唐僧服務。如果沒有這位英雄侍者，唐僧怎麼排除那麼多災難而抵達靈山？如果說，賈寶玉是柔性侍者，那麼，孫悟空則是剛性侍者。賈寶玉之「侍」，需要戰勝許多世俗偏見；而孫悟空之「侍」，則需要戰勝自我原來那一派「老子天下第一」的齊天傲慢。充當王者不易，充當侍者也不易。

172 豬八戒姓豬。養豬是農民的事業。他使用的工具是豬耙，也是農民慣用的工具。總之，他是小生產者。小生產者天生擁有小聰明、小狡猾、小算盤，善於佔小便宜，謀小利益，當然也會做小挑戰、小浪漫。豬八戒除了貪吃之外，還有一個致命弱點是好色。貪吃與好色是他的本性。改變本性之難比改變江山更難。豬八戒的經歷告訴我們，即使從天上落到地下，即使從神宮墜入豬胎，即使歷經千難萬險，即使穿越生死關口，豬八戒還是豬八戒，小生產者本性還是小生產者的本性。因此他到了靈山之後，如來佛祖無法給他封「佛」，只能給他封「淨壇使者」。常聽到「改造世界」與「改造人性」的豪言壯語，但清醒者卻要質疑，豬八戒的本性可以改造嗎？

173 孫悟空可以千變萬化，不僅七十二變，第九十五回寫道：「行者把棒丟起，叫一聲『變！』就以一變十，以十變百，以百變千。半天裏，好似蛇游蟒攪，亂打妖邪……」他能屈能伸，可變成頂天巨漢，也可縮成小蟲兒鑽入鐵扇公主肚中。但他的可貴不僅在於能變，還在於他身上有一種永遠不變的東西，這就是他的心靈。他的心靈永遠向真向善，永遠是嫉惡如仇的正直，永遠有戲弄權威的頑皮，也永遠有追求真理的熱情，更永遠有與妖魔鬼怪勢不兩立的正義感。

174 佛祖如來在解析如何分辨真假孫悟空時說：「汝等法力廣大，只能普閱周天之事，不能遍識周天之物，亦不能廣會周天之種類也。」他說：「周天之內有五仙：乃天、地、神、人、鬼。有五蟲：乃蠃、鱗、毛、羽、昆。」如來還說，此十類種之外還有四猴混世，真孫悟空屬靈明石猴，假孫悟空屬六耳獼猴。如來如此給萬物分類。雖嫌簡單，但讓我們明白，《西遊記》塑造的主角乃是非天、非地、非神、非人、非鬼，當然也是非蠃、非鱗、非毛、非羽、非昆。但他又是兼天、兼地、兼神、兼人、兼鬼，極為特殊又極為豐富。因此，把孫悟空僅僅劃為神或劃為「人」或劃為「妖」，均屬簡單化。孫悟空就是孫悟空，他能飛天入地，又能入神化人而驅鬼打魔，這一角色，人類文學史上前所未有。

175 《聊齋誌異》中的妖精，許多是狐狸精，她們長得很美，而且很癡情。表面上，蒲松齡完全逆反《西遊記》的思路，吳承恩筆下的妖精，如白骨精，確實強悍可怕，本事很大。然而，《西遊記》並不把妖精推向絕路，它也給妖魔三條出路：一是改邪歸正，豬八戒、沙僧是也；二是還其本相，送入雲霄，紅孩兒是也；三是當即處死。前兩條皆是給予出路，第三條則是不得已。對妖魔尚且如此，對人更應當寬厚以待。

176 《金瓶梅》是寫實文學的經典極品。而《紅樓夢》與《西遊記》卻比《金瓶梅》多了一個大精神層面，這就是超越現實的大浪漫層面，也可以說是充分想像的形而上層面，即帶有哲學意蘊的夢幻層面，於是就有「太虛幻境」、「大觀園」、「大鬧天宮」等。文學千種萬種，千姿萬態，《西遊記》、《紅樓夢》雖不完全寫實，卻充分寫真，這兩部經典有真際、真精神，又有真情感、真思想。世上找不到孫悟空，卻人人都可以效法孫悟空。

177 《西遊記》唐僧師徒，歷經十四年，日日山，月月嶺，最後抵達靈山。而高行健的《靈山》，也是主人公曆經艱難困苦尋找靈山。但《西遊記》是現實的征程；一路與妖魔拼搏，而《靈山》則是內心的旅行，全書八十一節，也歷經八十一次內心的撞擊，因此《靈山》又可稱為內在《西遊記》。《西遊記》與《靈山》兩書雖有差別，但都確認，靈山在內不在外，即靈山乃是坐落於人的內心之中，一旦把靈山視為外部世界的理想國，就會大失所望，即發現靈山不靈，淨土不淨，極樂世界並不完全快樂。

178 一切都會變，妖魔也會變。沒有永遠的敵人，也沒有永遠的妖魔。這是《西遊記》的一個重要思想。例如牛魔王一家。在花果山水簾洞初期，牛魔王原是孫悟空的好友，兩者還結拜為兄弟，後來老牛走火入魔，與鐵扇公主成親，還生了紅孩兒。鐵扇公主與孫悟空打得死來活去，最後認輸了，借給孫「真芭蕉扇（第一次是假的），並告訴孫悟空關於芭蕉扇的真實用法，即必須搧四十八下，多一下都不行，這也歸於善。鐵扇公主也不是永遠的妖魔。

179 文學創作不僅有發現，而且有發明！文學樣式中的寓言，原先容量有限。《西遊記》可能只寫成一則寓言，但吳承恩卻把石頭變石猴變神猴佛猴的寓言（並非存在物）演義成大故事大小說。其關鍵是把石猴寫成心猴，大鬧天宮，也是心反，即精神反抗。一切都是內心活動。寓言擴展到如此複雜，如此規模，如此程度，世上少見。卡夫卡的《變形記》、《審判》、《城堡》，也是寓言所擴展（擴展到如此精彩！）新文體就是這樣創造出來的！這是作家發明。吳承恩發現了唐僧，卻發明了孫悟空、豬八戒、沙僧和西海白龍馬王子。

180 《西遊記》中把「偽形」、「作假」的各種形式全展示了。小說中，不僅有妖魔偽裝的假男人、假女人、假小孩，還有假孫悟空、假如來佛、假雷音寺。世上的造假藝術如此高超，要戰勝「假」，就得擁有一雙「火眼金睛」。《金剛經》說五種眼睛：肉眼、慧眼、佛眼、法眼、天眼。「火眼金睛」雖不屬佛眼與法眼，至少是超越肉眼的慧眼，也是超越俗眼之眼。

181 唐僧取經的行程必須穿越無數關卡，急流、險灘、懸崖、峭壁、火焰山等自然關卡且不說，僅過境的國度，如寶象國、烏雞國、車遲國、西梁女國、祭賽國、朱紫國、獅駝國、比丘國、滅法國等，就需要無數公文、印章，更何況路上妖、魔、鬼、怪、精魂，樣樣都是障礙，都是難關。然而，對於唐僧而言，最難過的是美女關，一顆至慈至善的心靈，遇到一個至真至美的女子，這不是千鈞棒可解決的，也不是念幾套佛經可以對付的，此處需要定力，更需要一個高於一切、壓倒一切的信念。

182 唐僧取了經之後，回到長安。在唐太宗歡迎的禮儀上，唐僧向唐皇介紹自己的隨行弟子，說悟空「出身原是東勝神州傲來國花果山水簾洞人氏」；豬八戒「出身原是福陵山雲棧洞人氏」；而沙和尚「出身原是流沙河作怪者」。而白馬則「原是西龍王之子」。唐僧出於好意，人化四位弟子，並給予確鑿的出身籍貫。可是，孫悟空等的特點，恰恰不可本質化為「人氏」，恰恰是超籍貫、超國度、超時空的生命存在。唐僧作此介紹，純屬荒唐。

183 唐三藏、孫行者、豬八戒、沙悟淨，我們可稱他們為「西遊中人」。他們儘管性格、性情差異很大，但有一個共同點，就是沒有機心。《三國演義》中的曹操、劉備、孫權、司馬懿等，其性格、性情也差異很大，也有一個共同點，就是充滿機心，全是「巧偽人」。他們不是會「變」，而是「裝」，每人都有一百副以上的面孔。

184 孫悟空、豬八戒、沙悟淨，個個都是「妖身」。長得很醜，開始時總是讓人嚇一跳。但他只會「嚇人」，不會「騙人」。《三國演義》中的劉備，文質彬彬，有模有樣，很討人喜歡，連孫權的妹妹（孫尚香）也對他一見鍾情。他倒是不會嚇人，但很會騙人。赤子之「醜」不可怕，騙子之「美」倒是很可怕。

185 生命四季（春夏秋冬）對於孫悟空，顯得格外分明。他的春季在大荒野與花果山度過，飽餐大自然的花香雨露，和同族朋友共享歡樂。還遠涉滄海到菩提大師那裏學得一身武藝，生命變得生氣盎然。從菩提大師那裏回來後，他的生命進入夏季，激情暴發，如洪水尋找宣泄，於是大鬧天宮，搞得周天不寧。被如來佛祖壓進五行山的五百年乃是夏秋之間，被唐僧解救後他進入成熟的秋季，參加取經，有打拼、有約束、有收穫。到了靈山之後被封佛，諸佛皆冷，它會不會也像一尊風雪中僵化的菩薩呢？也許會，也許不會。倘若按照《道德經》的路向，他應當復歸於嬰兒，還會在花果山中創造另一番生氣勃勃的故事。

186
現象界（現實生活）沒有自由，於是就在精神界夢自由，創造自由夢。《紅樓夢》創造的是情愛夢；《西遊記》創造的是逍遙夢。夢中有歡樂，也有約束。孫悟空頭上有緊箍咒，賈寶玉頭上也有緊箍咒，那就是他的父親賈政。

187
中國人不僅承受太多壓迫，而且承受太多壓抑。假設玉皇、龍王、閻王等，又多了一層精神壓抑。於是就有嚮往自由的中國子弟反壓迫與反壓抑，孫悟空大鬧天宮、大鬧龍宮、大鬧閻王殿，不是反映現實生活，而是反映內心的不滿。孫的戲鬧，正是宣泄與嚮往。

188
《西遊記》的前半節（孫被打入五行山之前），輻射的是夢幻人生；後半節輻射的是現實人生。現實人生，就是面對艱難險阻不斷跋涉，就是要面對各種妖魔鬼怪不斷拼搏，就是要接受緊箍咒不斷受屈。現實人生，歷經千山萬水，歷經八十一難，歷經曲曲折折，無人可以倖免。偉大的人生，就是「鬥戰勝」的人生。

189 《西遊記》與《紅樓夢》都是石頭記。兩部石頭記，兩部自由書。前者為剛者自由書，後者為柔者自由書。前者多笑聲，後者多眼淚。在現實世界裏，不僅弱者沒有自由，強者也沒有自由。古往今來，哪個帝王將相有過自由？專制暴君也未必有自由。帝王們只敢許諾「麵包」，不敢許諾「自由」。

190 《三國演義》的首領人物身邊有謀士（劉備有諸葛亮、龐統等，孫權有張昭、魯肅等，曹操有楊修、荀彧等），《水滸傳》的首領人物宋江身邊也有吳用、公孫勝等，唯有《西遊記》中的首領人物唐三藏身邊沒有謀士，隨他取經的全是戰士。因為他的事業與理想，無須計謀，無須陰謀與陽謀，只需一顆真心，一種信念，一腔熱血。孫悟空、豬八戒、沙和尚，雖長得醜，但都心性善良，不戴面具。

191 真值得歌功又頌德的，唯有唐僧和他的悟空、悟能、悟淨等弟子們。他們不僅給中國取來佛教經書，為中國文化開闢另一大視野，功莫大焉！而且跋涉萬里，無私無畏，一路上全做好事，其心靈最純最正，其德行無限量也！中國極少帝王功德兼備，就以支持唐僧取經的唐太宗而言，他創造了中國歷史上的「貞觀之治」，其功不可沒，值得歌頌，但他的德行，包括逼迫父親退位、射殺自己的兄弟等行為，是否可稱得上「德」，即是否可頌，則大可質疑。還有漢武大帝、成吉思汗等，也是其功可歌，其德未必可頌。要說歌德派，只能充當唐僧師徒的歌德派。

192 如果發一張履歷表讓孫悟空填寫，那他只要在所有的欄目裏填下一個「無」字即可。因為他沒有祖國、沒有故鄉、沒有學歷、沒有籍貫、沒有父母、沒有兄弟。他名字叫做行者，名副其實，是個真正的流浪漢，真正的天馬行空者。我曾把莫言比作孫悟空，說他是文學魔術家，至少擁有七十二變術。其實好作家都是跨界魔術家，跨越國界、跨越類界、跨越俗界、跨越天地之界、跨越時空之界、跨越古今之界、跨越中西之界。

193 中國的喜劇性小說很少，但明清之際所產生的《西遊記》和《儒林外史》都很精彩。魯迅說，喜劇是把無價值的東西撕毀給人們看。《西遊記》不僅撕毀妖魔鬼怪這些世人所公認的無價值糟粕，也撕毀世人所畏懼的玉皇龍王閻王這些無價值的統治權威。統治者擁有權威，但未必擁有價值。撕毀這些權威，不僅有膽，而且有識。

194 孫悟空並不是準確意義的人，但讀過《西遊記》的人，幾乎人人都愛他，為什麼人人愛？有人說，因為他本事高強，唸着他就有安全感。有人說，他能變幻無窮，看着他樂趣無窮。有人說，他像孩子，永遠都煥發着天真天籟。說得都很好、很對，都道破了一種堅硬的理由。而我要說，他雖非人，但其言行，卻與人性最深層的部分相通，即與誠實、正直、勇敢、疾惡如仇等品格息息相通。

195 有學人說，《西遊記》反對道教。其實，它只反旁門歪道，如紅孩兒的叔叔，自稱如意真仙人，他掌控女兒國的落胎泉水（解陽山破兒洞裏的落胎泉），卻從不給人（喝國中子母河的水會懷孕，需喝泉水解陽），也不給唐僧師徒，為此還和孫悟空打了十幾回合。可是，對於萬壽山五莊觀人參果樹主人鎮元大仙，雖發生衝突（孫把寶樹連根拔起，鎮元為此生氣），但最後經觀音菩薩救活了人參果樹後還是和孫悟空結拜為兄弟。此一情節具有象徵意蘊，這說明在吳承恩心目中，道釋兩家雖有紛爭但可以情同手足。

196 孫悟空打不贏紅孩兒（牛魔王之子），就在豬八戒之後，親自去南海請觀音菩薩幫忙。觀音便隨孫來到紅孩兒居住的火雲洞。紅孩兒見到孫悟空，就噴出一團烈火，此時，觀音將手中的淨瓶口朝下，傾出一股神水澆到火山，頓時煙消火滅。制服了紅孩兒之後，觀音收他為善財童子，並把他帶入雲霄。這段情節，寓意甚深，孫悟空、豬八戒以剛制剛，並不能征服剛，倒是觀音以至柔克至剛（之前觀音也是以至柔克服孫悟空）。此外，即使像紅孩兒這樣的妖魔（自己為妖，父母也是妖），觀音還是給予出路。廣闊的雲霄既可供人飛翔，也可讓妖魔改邪歸正。

197 什麼都可作假，《西遊記》中不僅有假孫悟空、假唐僧，還有假如來佛、假雷音寺。因此英雄孫悟空除了必須擁有一身超人的武功之外，還需有一雙識破假相的火眼金睛。但孫的火眼金睛不是天生的，而是煉丹爐裏煉出來的。而煉丹爐不僅是太上老君所持有的那一種烈火金剛，孫悟空還經受另一種天地大熔爐。唐僧一行遊走西天，歷經十四個大冷冬天和十四個大熱暑天，在酷日豔陽下跋山涉水，何嘗不是在煉丹爐裏煎熬？生命能夠心明眼亮，全靠天地大煉爐。

198 《西遊記》的妖魔結成一家的唯有牛魔王、鐵扇公主、紅孩兒，還有紅孩兒的叔叔。此叔是不是牛魔王的胞弟，吳承恩未交代清楚。除了牛家外，其他妖魔鬼怪都是各自為戰，即只佔山頭洞穴，未拉幫結黨結派。這一點，可能是他們鬥不過人類的弱點。人為萬物之靈，頭腦比較發達，於是想出結黨營私的邪惡路徑，其手段心術，皆遠超各路鬼蜮。

199 人可「萬物皆備於我」。這萬物，既包括虎豹蛇蠍，也包括妖魔鬼怪。所以人可能既擁有獅虎的凶殘、蛇蠍的毒辣、豬狗的卑賤、狐狸的狡猾。還可能擁有妖魔的善於偽裝、善於欺騙等伎倆。人的自救之所以難，就難在必須排除萬物積澱於人身上的種種特性，既要清洗動物性，又要剔除妖魔性。

200 《論語》中的小人、賊人，在孔子心目中也是妖魔，只是命名與《西遊記》不同而已。妖魔鬼怪的特性首先與「小人」相似，喜歡嘰嘰喳喳、喜歡騙人、喜歡耍小伎倆。不老實、不道德、不正派。《西遊記》中的妖魔，除了具有「小人」諸特性外，還有一個小人所沒有的共同脾氣，就是喜歡佔山為王，佔洞為穴，以山洞為根據地去奪人生命，製造事端。

201

孫悟空本事非凡，無所不能。然而，他也有一種與賈寶玉相似的精神品格，就是沒有世俗世界中世人所具有的那種嫉妒的生命機能，也沒有算計機能、欺騙機能、貪婪機能、報復機能等。這位英雄既勇猛又純粹，既高大又高尚，所以人人愛，人人傾慕。

202

《紅樓夢》到處是愛情與愛情之美。倘若沒有戀情，《紅樓夢》就大為減色。它不僅寫了戀情，也寫了親情、友情與世情。而《西遊記》中則全然不寫愛情，只有師情與世情，但兩種情感都寫得極為動人。孫悟空對師父唐僧始終不離不棄、不叛不捨。儘管師父誤解他，委屈他，對他使用緊箍咒，甚至把他逐出隊伍，他仍然熱愛師父、保護師父，和師父一路走到底。這除了從理念上孫悟空知道師父引領的路是正確的路之外，這位英雄還不忘自己當初是如何走出五行山的，也知道師父所做的一切都是出於大慈大悲，都是為了他好。

203 既然什麼都看透，既然四大皆空，那麼，為什麼還那麼看重經典經書？其實，真正的哲學難題是看透一切、看空一切之後還得活，那麼怎麼活法？還要不要有所作為，要不要有所爭取？唐僧既然看透一切歸空，那麼，他不顧千辛萬苦奔赴靈山，是否有必要？唐僧看透了一切之後，還在爭取意義。

204 《紅樓夢》的基調為優美；《西遊記》的基調為壯美。前者典雅，後者崇高。美學風格雖不同，但兩部小說都有大慈悲，均佛光瀰漫。《紅樓夢》告訴人們，若要解脫，唯有放棄（放棄功名利祿等妄念）。《西遊記》則告訴人們，若要擺脫苦海，唯有拼搏。二者都有道理，只是《西遊記》更積極。人類的兒童時代，不應太早學佛，但可讀《西遊記》。

205 《紅樓夢》是悲劇，《西遊記》是喜劇。前者書寫有價值的生命一個個死亡與逃亡，後者書寫千鈞棒把無價值的生命（妖魔鬼怪）一個個摧毀，也把冒充生命之王的天皇海帝一個個嘲弄，真讓受盡折磨與苦難的中國人贏得一個開心開懷的瞬間。《紅樓夢》中有許多眼淚，《西遊記》中沒有眼淚。然而，沒有眼淚的笑也幫助苦難的中國人在被奴役中活了下來。

206 唐僧與孫悟空為人類展示了一種心靈方向，這不是功利之心與功名之心的方向，也不是積財與發財的方向，而是童心與佛心的方向。童心指向純正，佛心指向慈悲。人生再艱難、再複雜，還是應當不斷地純化自己、慈化自己。

207 孫悟空是強者，唐僧也是強者。孫悟空強在本領，唐僧強在信仰。一個具有堅定信仰的人，沒有任何力量可以把他擊倒，也沒有任何命運可以把他征服。唐僧的信仰，使取經的團隊一往無前，使孫悟空這樣的超級英雄口服心服，也使豬八戒這樣的世俗生命追求新夢。取經團隊能抵達靈山獲得勝利，既靠孫行者的本領，更靠唐三藏的信念。

208 中國人長期只當石頭，沒有靈性、沒有思想、沒有生活，只任憑風吹雨打，酷日暴曬，也不會呻吟、不會抗爭。賈寶玉與孫悟空通靈之前只是一塊石頭。通靈之後則有理想與價值觀，很難由人任意擺佈。當下中國人倘若也能通靈，贏得靈魂的主權，那就會有另一番人生。

209 唐僧師徒們雖然性情不同，本領有高下，而且常有衝突，但他們有個共同點，就是充滿熱情，即充滿求索真理的熱情。而且有一個共同目標，即尋找西天的靈山，奔赴佛祖的故鄉。熱情有了，目標有了，他們就能戰勝一切艱難險阻，天天辛苦而很有意義。

210 孫悟空、豬八戒、沙和尚，皆是假人假物，但在《西遊記》中，卻個個栩栩如生，非常真實。誰也不會批評小說胡編亂造。這是「假中見真」。而這部小說描寫世俗世界時，如寫唐僧的父母故事，彷彿是真人真事，反而「真中見假」。因為文學要的真實乃是真際而非實際，是神實而又非形實。孫悟空與豬八戒等，都是真際中的生命。

211 《西遊記》的最大敗筆，是謳歌以唐太宗皇帝為核心的世俗權力中心，讓英雄（孫）與聖者（唐僧）也臣服於帝王的權威之下。連玉皇都不看在眼裏的孫悟空，怎能乖乖地匍伏在皇家的腳下？這不僅違背全書的精神邏輯，也破壞了讀者心中的真情真性。《西遊記》凡是寫到大唐宮廷繁華處或其他世俗升沉處，均不倫不類。

212 《西遊記》的另一大敗筆是對唐僧出身的描述。唐僧的父親原是狀元，因有水匪想霸佔其妻（唐僧之母），便把狀元推入水中害命。其妻也不得不委身於匪，並把小兒唐僧放入水中漂流，後又被僧人救起磨練成聖。而其死了的父親卻又復活。總之，故事十分離奇，令人難以置信。吳承恩本來可能是想說明唐僧出身不凡，成聖並非偶然，但是弄巧成拙，每個細節都很造作。這種描寫，純屬畫蛇添足。

213

豬八戒這個形象，低級慾望中也有高級信息。他代表着人的慾望。慾望有高低之分，他的慾望較為低級，只知吃喝嫖賭，缺少精神信念，社會中有一部分人正是這樣，只求口香腸肥，不知品相，有吃有喝有色就好。但八戒又崇尚唐僧，追求進步，這個形象雖可笑，但可愛，因為他真實。

214

唐僧師徒是個小社會。它是精神集團，不是功利集團。這個小社會由四種生命組成。一是英雄（即精英），由孫悟空呈現。二是芸芸眾生，由豬八戒呈現。三是中產階級，由沙和尚呈現。四是精神領袖，由唐僧呈現。這是社會的四維空間，缺一不可。沒有沙和尚，社會得不到調節，很難和諧。

215

人性中帶有神性，孫悟空與唐僧均處污泥（人間）而不染，皆不癡不貪不私不邪，這便是神性。而如來佛祖與親信弟子伽葉、阿儺，則身處人間也染上人類惡習，公然向唐僧們索取禮物，神性中也顯露人性的弱點。這是《西遊記》對人性與神性的認知，既不承認人性的純粹性，也不承認神性的純粹性，非常深刻。

216 什麼是社會？《西遊記》告訴我們，社會便是三教九流，人神混雜，鬼神混雜，人妖混雜。大社會中有玉皇、有龍王、有冥王、有佛、有菩薩、有聖僧、有人類、有妖魔鬼怪。而小社會（人類社會）也是如此，既有精英也有糟粕；既有帝王將相，也有平民百姓；既有天才豪傑，也有人渣鬼怪。因此，企圖橫掃一切牛鬼蛇神，企圖建立一個絕對統一絕對乾淨的國度，肯定是妄念。企圖用自己的存在方式統一全人類的各種存在方式，也絕對是妄念。唯有承認多元，唯有寬容與慈悲，才符合社會本質。要求社會純粹又純粹，就會導致「專制」。

217 孫悟空渴求的自由，不是人間社會的那種物質性的人性自由，例如戀愛自由、婚姻自由、居住自由、行走自由等，而是不受時間束縛、不受生死束縛、不受輪迴束縛、不受天地束縛的精神性自由。這是現實自由之外更高級的神性存在的自由，人類文學史上從未有過這樣的作品。

218 時行的存在主義哲學可以解說賈寶玉，但不能解說孫悟空。孫有人的特徵，但不是純粹人的存在，他亦天亦地，亦人亦神亦妖。他不會死，沒有存在主義「向死而生」的問題。他不在乎財富、權力、功名等，沒有存在主義所講的「煩」。他本領極度高強，天上地下全無敵手，沒有存在主義所言的「畏」。《西遊記》中有一種比人類終極關懷更深刻、更重大的關懷，這也許可稱為佛家的無限量關懷。

219 孫悟空焦慮的不是計時間的生存問題，而是超時間的存在問題。他想長壽，説穿了，是想超越時間。《西遊記》把佛描述為一種超時空的巨大存在。這是人的嚮往。佛教本來沒有人格神，但在吳承恩筆下，如來佛祖、觀音菩薩都成了人格神，他們立足於天地之間，全知全能，千變萬化，可除妖魔鬼怪，可救苦救難。從文學上説，這是發明，即發明佛祖及觀音諸形象，但從宗教理性而言，這又是誇張，即把佛高度神化，誇大了佛的功能。

220 文學的基點是真實，書寫人性的真實與人類生存處境的真實，才是文學的出發點。然而，什麼是真實呢？真實不等於真人真事。《西遊記》唐僧的原型唐玄奘，確有其人，他到印度取經，確有其事，但他絕對不可能帶着猴身、豬身等半妖半人去取經。可是，我們讀了《西遊記》卻從深層上了解唐玄奘西天取經的真實，路途艱險的真實。孫悟空大鬧天宮，也非真事，但我們卻感受到他的精神反叛，正是我們的內心嚮往。我們何曾不是反抗專制壓迫壓抑的孫悟空？那些維持不自由不平等制度的玉皇龍王威風赫赫，不正是應當嘲笑一番嗎？

221 無論是塑造孫悟空、唐僧、豬八戒等，還是塑造玉皇、如來、觀音菩薩等，又或是塑造白骨精、鐵扇公主、紅孩兒及眾多妖魔鬼怪，都是吳承恩對世界對人性的一種認知。在西方，米高安哲羅通過畫筆塑造了上帝，把人放入了天堂。

上帝與人都那麼豐富。他之後，但丁又塑造了地獄，眾生相都在地獄中展示，這是米高安哲羅和但丁對世界對人性的認知。吳承恩從天上寫到地上，他筆下的天庭、佛國與妖魔世界，還有唐僧這個聖人和孫悟空這個英雄，都是他所理解的宇宙與人間。他之所以了不起，乃是提供一種超越中國文化框架的全新視野。

222 《西遊記》只描述妖魔的個體，未曾描述妖魔的國度。中國古書中寫過鬼國，但未寫過妖魔國。妖魔國除了必須有妖王魔王（這類角色《西遊記》中倒是有，如牛魔王）及妖民妖眾（這類角色《西遊記》中雖有，但太稀少，構不成國民），此外還必須有妖魔統治集團，集團中有各級臣子官員狼狽為奸、巧取豪奪。關於這一種國家特色，《西遊記》缺少描述。倒是玉皇治下的天庭和龍王治下的海庭較像國家，孫悟空所蔑視的天宮，有皇上、有臣子、有將帥、有美女、有美食、有軍隊、有罪犯、有天規，還有天篷元帥調戲嫦娥的嚴重事件，以及擁有吃仙桃特權的利益集團。可惜《西遊記》尚未寫明玉皇龍王等有多少嬪妃，以及他們的獨斷獨裁。

223 妖魔比人更厲害的地方，一是更凶悍，孫悟空都打不過，甚至與八戒、沙僧聯手都打不過。二是比人更善於變形，更善於偽裝。再加上妖魔的深層本質。

因此，社會中那些善於偽裝、善於巧言令色、善於陰謀詭計的人，都比較接近妖魔，或者本身就是妖魔。

224

國家是雙重結構之物。一重為實體結構；一重為精神結構。前者以權力中心為主，後者以文化為主。《西遊記》中的唐太宗呈現實體結構，而唐僧則呈現精神結構。唐太宗是表層的、暫時的；唐僧則是深層的、永恆的。唐僧雖然比唐太宗更有分量，但吳承恩沒有擺脱習慣性的價值邏輯，讓唐僧口口聲聲自稱「御弟」，把自己變成帝王的使者。這是巨大的價值顛倒，也是《西遊記》的根本局限。

225

古希臘史詩有《伊利亞特》與《奧德賽》兩部，前者象徵人生的「出征」，後者象徵人生的「回歸」。兩者是人生的兩大經驗模式，都很艱難。《西遊記》只描述出征，未描寫回歸。可以肯定，回歸之路同樣千難萬險，千辛萬苦。同樣會遭遇許多妖魔鬼怪。這是另一番故事，吳承恩留給讀者自己去補充、去想像、去進行審美再創造，這才是聰明與智慧！

226

古希臘悲劇《伊底帕斯王》的主角，因不認識自己的父親與母親，終於走上「殺父娶母」的宿命，為此，他憎恨自己，自戕眼睛。孫悟空本是石頭，沒有父親也沒有母親。他只與天地獨往來，為天地所生，也為天地所困，他的唯一悲劇，乃是作為天地之子，不可能揮灑天地賦予的全部靈性。這也是人類的普遍悲劇。

227 《西遊記》展示的既不是黑暗世界，也不是光明世界；既不是古怪世界，也不是平淡世界。它展示的正是現實世界。這世界，既有聖賢（如唐僧等），也有妖魔（如白骨精等）；既有英雄，也有俗眾（如豬八戒等）；既有神明，也有鬼怪；既有統治者，也有被統治者；既有勞心者，也有勞力者。既可希望，也能絕望；既有真精華，也有假貨色……世界並非清一色，也非純粹闇。因為魚龍混雜，神魔並置，人妖同在，這世界才生動活潑。

228 豬八戒和孫悟空走在同一條路上，師弟與師兄前後只有一步之遙，八戒始終不知道，這一步，是一千里，一萬里。他們之間的差距是天地之差，霄壤之別，所以八戒始終不知敬佩身邊的師兄。這種情形使我們想起日本著名作家芥川龍之介（一八九二至一九二七）的名言：天才和我們相距僅僅一步，同時代者往往不理解這一步就是千里，後代又盲目相信這千里就是一步，並因此而殺了天才。

229 風吹、雨淋、雪擊、浪打、山崩、路斷、雷震、電劈、崖陡、谷深等，唐僧師徒經受多少這類平常性艱難？這一切艱難，《西遊記》幾乎一字不提，不在話下。他們遇到的災難是魔鬼想吃他們的肉，是妖怪想喝他們的血，是蛇蠍想奪他們的命。妖魔鬼怪的阻攔和企圖，才是真正的艱難險阻，唐僧師徒迎戰的不是小艱險，而是大艱險。唯戰勝大艱險，生命才得以飛升。

230 《西遊記》有一種貫穿性的哲學，也可以説是一以貫之的哲學，這就是變易哲學。諸物、萬物都會變，神會變，人會變，妖魔也會變。孫悟空會變，豬八戒會變，眾妖精也會變。《西遊記》的變易哲學很徹底，其徹底性表現為認定妖魔也可以變。《西遊記》中的妖魔是一個十分豐富複雜的系統，妖魔、妖怪、妖精、妖星，五花八門，僅妖精就有蠍子精、蜈蚣精、蜘蛛精、玉兔精、白骨精等，這些妖怪均有來歷，而且神通廣大，孫悟空常常打不過，需請觀音菩薩，天神、佛靈、佛祖幫忙。最了不起的是，《西遊記》總是給妖魔提供出路，暗示讀者：沒有永遠的妖魔，沒有永遠的敵人。

231 《紅樓夢》瀰漫着貴族精神，《西遊記》則磅礴着平民精神。大鬧貴族秩序，大舉為民除害，知其不可為而為之，都屬平民嚮往。周作人把平民精神界定為求生精神，把貴族精神界定為求勝精神，未必妥當。孫悟空作為平民典範，他既求生也求勝。

232 孫悟空作為一塊奇石，通靈之後，其生命起點是神魔，其終點是佛。他止於佛了嗎？不，被封佛之後他立即想到去緊箍咒，去咒之後他還會有所作為。自由沒有止境，孫悟空的生命也沒有終點。

233 《西遊記》讓我百讀不厭，百看不厭，百思不厭，因為它與人生緊密相連。唐僧使人嚴肅，孫悟空使人勇敢，豬八戒使人快樂，沙僧使人平實，整部小說使人積極。文學，畢竟應以「帶給人類力量」為上。人生辛苦，充滿重負，需要力量。

234 《金瓶梅》寫實，《西遊記》寫幻，但二者都抵達「真」的高度。文學之真，既可以「實際」抵達，也可以「真際」抵達。殊途同歸。文學最自由，這也是一證。政治就不可着幻，歷史、新聞等也不可着幻。科學本也不可入幻，雖然科幻小說最近正在興起，但它畢竟是文學，並非科學。

235 彼一《石頭記》——《紅樓夢》，一開篇就連接「山海經」，說明主人公賈寶玉通靈之前原是一塊女媧補天時被淘汰的石頭，在天邊「自怨自艾」。此一《石頭記》——《西遊記》，來路雖未與「山海經」的故事直接相連，但其精神也是女媧、精衛、夸父、刑天等山海經英雄的原始精神，即「知其不可為而為之」的精神。天不可補，海不可填，太陽不可追逐，但他們偏偏要去補，要去填，要去追逐，偏要去那裏尋找經典與真理。

236 人是極豐富的大概念。用科學的語言說，有生物學意義上的人，社會學意義上的人，宗教學（靈魂學）意義上的人。用玄學的語言說，人又可分生存層面的人，存在層面的人。一般地說，把人定義為「社會關係的總和」沒有錯，但以此定義描述孫悟空又太狹隘，他又是自然關係的總和，也是宇宙關係的總和。

237 中國的男人（尤其是暴發戶）有多粗糙、粗鄙、粗俗，看看西門慶與豬八戒就明白。豬八戒較之西門慶，其可愛之處在於他不與官府結盟，不賄賂權貴，不取媚帝王，而且還同情取經事業，甘為唐僧效勞。豬八戒於粗鄙中有向上追求，西門慶則一路粗鄙到底，直到死亡。

238 《西遊記》為中國人展示了一種偉大道路，這是求索真理的道路。這條道路異常艱辛，即使求索者本領高強，德性純潔，也必須歷經千辛萬苦，千磨萬煉，而且一定要衝破妖魔鬼怪所設置的各種障礙。求索真理無功利可言，卻要求尋找者獻給出全副身心。

239

梁山英雄，《水滸傳》中的一百零八將，除了魯智深之外，均不可能成為唐僧之徒，即未能走向取經之路。他們共同崇尚的是「龍位」，而不是「經書」。唐僧師徒，萬里打拼，千辛萬苦，求索的是佛經，而李逵武松等雖也浴血奮戰，不屈不撓，但目標只是奪得帝位。宋江只反貪官、不反皇帝，但也用盡機謀與皇家較量，殺人無數。嗜血者喜《水滸》，畏血者喜《西遊》。

240

金角大王與銀角大王這對妖魔，雖然和孫悟空進行死戰，但知道他們原是太上老君身邊兩個燒火的仙童，就放他們一馬，讓他們隨太上老君回到天上。還有那個在火雲洞裏興風作浪的紅孩兒，自稱「聖嬰大王」，是牛魔王與鐵扇公主之子，聲言要活捉唐僧，要讓其父吃唐僧肉。孫悟空與他打得筋疲力盡，倒在水中，失去知覺，連去求救觀音都沒氣力，只好讓豬八戒去請。途中，紅孩兒又化作假菩薩作惡，把八戒騙到火雲洞裝入袋子準備宰吃。對於這樣一個死敵，最後被制服後還是讓觀音收他為善財童子，帶入雲霄。給妖魔以還原，即給妖魔以出路。連妖魔都有出路，更何況人？

241

《紅樓夢》是一部女性的書；《西遊記》則是一部男性的書。《紅樓夢》謳歌女性，崇尚女兒（未嫁的少女），智慧的高峰也由女性擔當。主人公賈寶玉更是少女的崇拜者，他只向以女兒為主體的淨水世界靠近，卻盡可能逃離以男人為主體的泥濁世界。而《西遊記》則謳歌男性，從英雄孫行者到聖者唐三藏，到徒弟豬八戒與沙和尚都是男性。世界是他們支撐的，真理是他們找到的，困難是他們克服的。而女性，好則如西梁國女王，只一心想與唐僧結為夫妻。壞則是惡毒的妖魔，如白骨精（白骨夫人）和鐵扇公主（牛魔王之妻），她們不僅善於偽裝，而且喜歡吃人。唯一美好的女性形象是觀音，但她是神，不是人。

242

唐僧和賈寶玉均佛性極高。他們倆的心目中，都沒有敵人，也沒有壞人，甚至也不知道有假人會說假話。賈寶玉完全聽信襲人和劉姥姥哄他的故事（一個騙他哥哥嫂嫂要她回家，一個編造雪中美姑娘凍死成神），唐僧也不信偽裝為鄉村姑娘的妖魔是白骨精，屢次受騙，還錯怪孫悟空。賈寶玉和唐僧的弱點是可以原諒的深刻的弱點。

243

最苦的、最樂的、最熱的、最冷的、最紅的、最黑的、最美的、最醜的，無論什麼環境，無論怎麼極端，他都能經得住考驗，也都不愧是錚錚巨漢，這就是孫悟空。天堂裏他橫行無阻，但不調戲嫦娥與摘仙桃女子。地獄裏他搗毀魔洞，掃除妖巢，也從不謀私。什麼是英雄？孫悟空以身作答，以身作則。

244 看到豬八戒，就想起蘇格拉底關於「豬的城邦」的警示。人類如果都像豬八戒那樣生活，以吃飽喝足和佔有情色為一切，不知生活還有更高尚的東西，那就會陷入豬的城邦。《紅樓夢》的薛蟠、賈蓉、賈璉等，基本上屬於「豬城邦」中人。豬八戒為了從豬城邦中走出來，才加入唐僧的取經隊伍，但薛蟠等卻完全不知自救。

245 唐僧們以為走到靈山，取了經書，這些經書便可普渡眾生，拯救世界。他們沒想到，靈山也要索取他們的禮物（人事），即也無法超越功利。這真是淨土不淨，極樂不樂。連佛地都不乾淨，又怎麼期待佛能救治世界與改造世界？小說最後這一筆，是極深刻的一筆，它提醒人們，靈山也並非光明的所在地。光明在哪裏？光明只在我們自己身上。

246 要說浪漫主義，《西遊記》才算真浪漫，它不僅展示天庭、地獄、海殿，而且展示神仙世界、魔怪世界。其主人公上天入地，騰雲駕霧，完全生活在天地宇宙境界中。整部小說，人性、神性、魔性交叉磅礴，佛力、人力、鬼力相互較量。魔幻、仙幻、夢幻全都上場。相比之下，《西廂記》等只能算小浪漫，《西遊記》才是大浪漫。

247 從表面看，孫悟空的精神類似唐吉訶德，一往無前，知其不可為而為之。實質上，二者還是很不相同，唐吉訶德毫無目標，也無任何需求，唯一牽掛的是他的虛設情人杜爾西內婭，做了什麼事，都要向她彙報。而孫悟空則有「靈山」目標，也有求索經典的使命。兩部作品都是偉大的喜劇，但《西遊記》帶有更多的東方的儒家特點。再頑皮，也不離家國使命。

248 《西遊記》和《紅樓夢》都對名利之徒表示公開的蔑視。《紅樓夢》通過《好了歌》嘲諷「世人都說神仙好，唯有功名忘不了」。《西遊記》則通過孫悟空說：「世人都是為名為利之徒，更無一個為身命者。」所謂身命者，即自我實現者。孫悟空就是一個不知何為名利而求自我實現者，包括實現自我的自由、自我的本事創造、自我的齊天齊道齊佛理想。

249 觀音菩薩，在《西遊記》中是個大慈大悲的女神。她本事高強，但唯一的武器是水。她手提一個小瓶，瓶中只有水。這水，能滅火，能救生，能驅魔滅怪，能使萬物復蘇。還能幫助唐僧、孫悟空掃清前行的一切路障。老子在《道德經》中說，上善若水。不錯，觀音不僅形如水，心也如水。水至柔，但它克服了一切至剛至堅，最有力量。

250 人妖之間，神魔之間，只有一線之隔。人與妖，人與魔的相互轉化，往往只在一念之中。人，一旦慾望燃燒，狂妄無度，就會變成妖魔。何為妖魔？慾望無度、野心無邊的人便是妖魔。而妖魔也可以轉化為人，佛教認定，人一旦放下屠刀，便可成佛，當然，放下屠刀更可成「人」。然而，放下屠刀之後還要放下過分的慾望，返回平常之心。

251 孫悟空歷經無數次戰鬥，但他沒有勝負觀念、輸贏觀念、成敗觀念、得失觀念，因此也沒有勝利感、凱旋感、成就感，更不會為勝利而趾高氣揚。他立下無數戰功，但不知何為「立功」。他最率真、最誠實、最正直，積下許多德行，但不知何為「立德」。他只說真話，只言由衷之言，一切聲音全是天籟，但不知何為「立言」。孫悟空無須刻意追求三不朽，所以沒有任何精神鎖鏈而贏得大自由。

252 《西遊記》中的詩，相當粗糙，大體上是一些打油詩，遠遠無法與《紅樓夢》中的詩相比。《紅樓夢》的詩每一首都精彩，都有很高的審美價值。《西遊記》的詩雖大為遜色，但整部作品卻瀰漫着詩意，這是雄偉的詩意、勇敢的詩意、頂天立地挑戰權威的詩意、爭取自由和求索真理的詩意。

253 《列子》的「周穆王三」提出「化人」概念，說這種生命，可「入水火，貫金石，反山川，移城邑」。依此定義，孫悟空正是「化人」。所謂化人，便是千變萬化之人。孫悟空正是能夠入水火、善於千變萬化的生命。列子心目中的「化人」，與莊子的「真人」、「至人」相似，既有人的特徵，又超越人類的局限。人是會變的，但無法像孫悟空那樣變幻無窮。用「化人」這一概念描述孫悟空，甚為恰切。

254 吳承恩書寫孫悟空的英雄性，但沒有把這個英維寫成「高大全」。他也寫了孫悟空的局限性，例如多次打不過妖魔，只好去請觀音菩薩和其他天神菩薩幫忙。求佛求神時也不得不低聲下氣。有這些弱點和局限，使孫悟空形象更真實更可愛。

255 唐僧的武功，不僅遠不如孫悟空，而且也遠不如豬八戒與沙僧，但孫、豬、沙等都服他，敬他，愛他。因為他身上有一種比武功更了不起的魅力，這就是他的大慈悲精神。

256 孫悟空與賈寶玉一樣，均屬天外來客。要問「你從哪裏來？」，只能說「從天外來」。《紅樓夢》的主角賈寶玉、林黛玉並不承認賈府是他們的故鄉。尤其是林黛玉，她不僅有相思病，而且有鄉愁病。但孫悟空從未有過鄉愁。鄉愁，乃是一種病痛，甚至是一種鎖鏈。孫悟空也沒有世人的種種陋習與惡習，如迷戀金錢和貪戀權力、功名等。孫悟空身上有種精彩的悖論，即既無所畏懼，又有所畏懼。既天不怕、地不怕、妖不怕、魔不怕、鬼不怕，卻有點怕「緊箍咒」，即害怕佛的權威。正因為他無所畏懼，又有必要的敬畏，所以才完美。

257 人和鬼（妖魔）都求壽（長命），可見妖魔鬼怪也有時間觀念和死亡觀念。其區別在於，人通過價值創造（意義創造）去超越死亡，而妖魔鬼怪卻想通過吃唐僧肉而不朽，即通過想入非非損人利己而爭取萬壽無疆。

258 企求活命長命，這是一切生命的本能，連孫悟空也走出花果山去尋求長壽妙法。然而，所有英雄與成功者都明白，人生在世，不僅應當持有「活命哲學」，還應當高舉「拼命哲學」。既吸收「無為」之教，不求身外功利，更是認定人生即拼搏，知其不可為而為之。孫悟空的生涯，便是知其不可為而為之的壯麗過程，並非「活命哲學」主宰的故事。

259 孫悟空的一生，既是轟轟烈烈的一生，又是兢兢業業的一生。大鬧天宮自然是轟轟烈烈，取經路上則是兢兢業業。無論是挑戰權威還是履行責任，他都是英雄加赤子。既無比英勇又無比單純。中國人常有紛爭，但都愛孫悟空，這一共同點，使中國擁有未來。

260 中國民間智慧提醒國人，少不看《水滸》，老不看《三國》。我則認為《西遊記》老少皆宜，少時多多閱讀前半部（被壓五行山之前），學習孫悟空的勇敢，有膽量齊天，有氣魄挑戰玉皇龍王。晚年多多閱讀後半部，領會師徒結構，領會佛在自身，領會戰勝心魔以總結人生。

261 所謂「金睛火眼」，並不是它能看得「遠」，而是它能看得「透」，即能穿透一切假像直逼本質。孫悟空就能看出山不是山，水不是水，美女不是美女，還以山水真相（洞穴），更還以美女乃是妖魔的真面目。西方的現象學，正是呼喚人們要有一雙金睛火眼，避免被概念和經驗所遮蔽。

262 悟空悟空，如何悟到空？最難的不是悟到四大（生老病死）皆空，而是悟到靈山也空，佛祖也空，空空如也！即唯有自己的心靈不空，光明就在自己身上，佛就在自己心中。佛教的本義正是說，心外的一切均無實在性，一切都被心靈狀態所決定。

263 第三十九回（一粒金丹天上得，三年故主世間生），孫悟空與豬八戒，師哥與師弟，二者都要給烏雞國的前國王（被推入井中，已死三年，屍體尚存）度氣，以求復活。但唐僧選擇孫悟空，不選擇豬八戒，其理由是豬八戒自幼就吃人，一身濁氣，而孫悟空只食花果，一身清氣。此時，這對師兄弟，其清濁之分，才正式道破。《西遊記》除了展示師徒結構之外，還展示了兄弟結構。師徒一英（唐）一雄（孫），兄弟則一清一濁。英與雄互補，清與濁並置，既呈現了性情的豐富多樣，又呈現世間的複雜真實。師徒結構蘊含着自由與限定的哲學，兄弟結構則蘊含着真諦與俗締的道理。

264 蠍子精住在毒敵山琵琶洞裏。（昴日星官現出大公雞本相幫助孫悟空制服蠍子精）鐵扇公主住「芭蕉洞」。太上老君身邊燒火的兩個仙童，變成金角大王、銀角大王。（偷用老君五寶：葫蘆、淨瓶、金繩、扇子和七星劍）黃袍怪住波月洞。（寶象國之難）怪有寶丹，含在嘴裏法力無邊。（天上奎木狼星下界）可見，凡是妖魔鬼怪，都有洞穴，即都有藏身之所和可供陰謀策劃之密室。

265 禪宗六祖慧能的著名詩句是「本來無一物，何處惹塵埃」。生命的過程總是從無到有，又從有到無，開端是無，結束也是無。孫悟空儘管本事無可比擬，但也逃不出從無到無的生命邏輯。他原先只是一塊石頭，這是無。後來成佛，也是無。「古來將相在何方？荒冢一堆草沒了。」（《好了歌》）今天我們問，當年老孫的身軀在何方？也是「荒冢一堆草沒了」。但是，作為一顆心靈，其心跳，其精神，卻不滅不衰，永遠被歷史所記憶，所傳誦。

266 拙作《性格組合論》中說，在孫悟空的性格中，由於具有與崇高因素相對照的怪誕因素，便顯得更加豐富。魯迅說，《西遊記》中的「神魔皆有人情，精魅亦通世故，而玩世不恭之意寓焉」。[1] 魯迅舉了孫悟空大敗於金兜洞兕怪，失掉金箍棒，因謁玉帝，乞求發兵收剿一節，說明《西遊記》表現了孫悟空的人情美。孫悟空在失敗之後，為了救師父，不得不謙恭地請求過去並不看在眼裏的「玉帝老兒」，「伏乞天尊垂慈洞鑒，降旨查勘凶星，發兵收剿妖魔，老孫不勝戰慄屏營之至。」在旁邊的葛仙翁取笑他說：「猴子是何前倨後恭？」行者道：「不敢不敢。不是甚前倨後恭，老孫於今是沒棒弄了。」這裏表現出孫悟空愛師的人性，也表現出孫悟空身上的局限性。林語堂在分析孫悟空的形象時說：「最可愛最受歡迎的角色，當然是孫悟空，他代表人類的頑皮心理，永遠在嘗試着不可能的事業。他吃了天宮中的禁果，一顆蟠桃，有如夏娃吃了伊甸園中的禁果，一顆蘋果，乃被鐵煉鎖禁於岩石之下受五百年的長期處罰，有如盜了天火而被鎖禁的普羅米修斯。適值刑期屆滿，由玄奘來開脫了鎖鏈而釋放了他，於是他便投拜玄奘為師，擔任伴護西行的職務，一路上跟無數妖魔鬼怪奮力廝打戰鬥，以圖立功贖罪，但其惡作劇的根性終是存留着，是以他的行為的現形表象為一種刁悍難馭的人性與聖哲行為的爭

1 《中國小說史略》，見《魯迅全集》，第 1 版，第 9 卷，頁 165。

鬥。」[2] 孫悟空這個形象之所以會成功，確實是作者並沒有把他寫成純粹神或純粹魔，而是寫成一種具有動物外形又兼有神性、魔性和人性。他的性格，既有「聖哲」性的崇高，又有「人性」的滑稽和怪誕。他的崇高可與普羅米修斯相比，而他的「刁頑」又是完全奇特的，他甚至可以化作蚊子鑽入鐵扇公主的肚子裏，叫具有強大本領的妖魔受不了。而對待神仙，他也總是用怪誕的方式開他們的玩笑。這樣，在孫悟空的性格中就構成一種崇高因素與怪誕因素的二重組合。與孫悟空比較，沙僧的性格就缺乏二重組合形式，似乎是理念的符號。

267 人的聰明，可上升為智慧，可下降為精明，甚至可墮落為狡猾。鯨魚和狐狸都很聰明，孫悟空和豬八戒也都很聰明，孫悟空的聰明展示為「付出」，豬八戒的聰明則表現為「佔有」。一個是大聰明，一個是小聰明。大聰明可化為高超的武藝，小聰明則常化為佔小便宜的伎倆。脊梁式的英雄，都是大聰明者。他們不僅不懂得生存策略，而且有點呆傻，孫悟空正是這種生命。

268 孫悟空通靈之後，佔據花果山為王。他聰明過人，很快就明白雖然花果滿山，但他的生命有限。他決定出外求道，原是求索長壽之道。可是菩提大師無法

2 林語堂：《吾國與吾民》（新北：遠景出版社，1974），頁244。

授予此道，他雖然學到一身超人本事，卻無法學到超死亡的秘訣。儘管他吃了人參果，搗毀閻羅殿，抹掉死生簿，成了「鬥戰勝佛」，也鬥不過死神，終得一死。這是大英雄的悲劇，但《西遊記》的作者不敢正視。

269

印度的佛教傳到中國，便中國化為禪宗。禪把佛進行改革，一是把佛由繁化簡；二是把佛從外轉內。第二項把一切取決於內心，佛即心，心即佛，心靈狀態決定一切，明心見性勝過高頭講章。人心黑暗，便走火入魔，人心光明則上升為神。為主為奴，為神為妖，全取決於自己。

270

人妖之間，神魔之間，只有一線之隔。人人都恨妖魔鬼怪，卻少有人知道，人群中就有許多妖魔鬼怪。貪婪過度，苛求過度，專橫過度，粗暴過度，虛假過度。人就會變成魔。人們常提醒自己，不要越過底線。這底線便是人妖之界，一旦越過做人的道德底線，就走入魔界、妖界、鬼界。

271

孫悟空給中國也給人類世界提供了兩大生命奇觀，一是「大鬧天宮」，二是取經路上「大掃妖魔」。前者是勇敢的極致，後者是堅韌的極致。康德的著名文章《什麼是啟蒙》，把啟蒙的重心歸結為激發勇氣去運用理智。孫悟空永遠啟發着中國人，要做成任何事業，除了知識之外，還需勇敢與堅韌。

272 我從小喜讀《西遊記》，讀高中一年級（十五歲）時，就從《西遊記》中領悟到三個人生要義：一、取經之路也就是求索真理之路，沒有捷徑可走。唐僧師徒走了千山萬水才抵達靈山。二、取經之路絕不平坦，除了坎坷曲折之外，還有妖魔鬼怪的重重阻攔。三、人生之路再多艱難險阻，只要有個高尚目標，就可以成功走到終點。

273 萬里取經路上，沒有功名，沒有功利，而且充滿危險、充滿艱辛、充滿牛鬼蛇神，但還是有唐僧一類「傻子」走上這條路，而且一直走到底。這便是人類不會滅亡的原因。

274 英雄的功夫煉到最後應煉出一種傻勁，即不知計較、一味向前的傻勁。孫悟空身上就有這種傻勁。莊子所講的「混沌」，就是這種傻勁。孫悟空不是傻子，他極度聰明，但不知得失，手中心中皆無算盤。

275 梁啟超在百年前就說，沒有新小說，就沒有新國民。可是他心目中的新小說只有西方名著，沒有中國經典。其實，要造就新國民，依據《紅樓夢》與《西遊記》也可以，那就是要締造孫悟空的勇敢、賈寶玉的善良、唐三藏的慈悲、林黛玉的智慧等。

276 青年時代，應當師法前期的孫悟空，敢打敢拼，天不怕，地不怕，玉皇龍王閻王全不看在眼裏。中年時代，應當師法後期的孫悟空，不怕千辛萬苦，不怕妖魔鬼怪，一心只求真理。晚年時代，則可師法成佛後的孫悟空，他成佛之後不僅沒有我相人相，而且沒有佛相，只求去緊箍咒而得大自在。

277 出國之後，我在第二人生中又重讀《西遊記》，這次更是感悟到幾個人生真諦。一、悟到想要贏得高強本領，一定要「破我執」與「破法執」，孫悟空的千變萬化均來自衝破我相和諸法諸相。二、尋找光明，必得明白：光明不在外界也不在靈山中，而在自己身上。光明與自由都是自身的覺悟。三、千經萬經，心靈才是真經。心正、心淨、心覺、心明，才是上上等佛。

278 人間到處有高山流水，也到處有妖魔鬼怪。人生路途中到處有生活，也到處有陷阱。明知有妖魔，明知有陷阱，還是要不屈不撓往前走。走前無須任何成功的保票，走後不求任何世俗的獎賞。這就是唐僧師徒一行留給後人的根本啟示。

279 人們只知道「經濟蕭條」的大現象，卻往往看不到「思想蕭條」的大現象。整個明代，文字獄猖獗，東廠橫行，科舉教條日盛。此時此代，吳承恩著《西遊記》，給中國人提供一種大思路，這就是反抗專制秩序的思路，化干戈為玉帛的思路，心向慈悲的思路。

280 幾千年來，多少帝王將相，多少天才能人，揚言要重整山河，改造世界；然而，中國還是中國，世界還是世界，專制還是專制。那麼，唐僧師徒取了經書之後，中國與世界是不是就能完全改變呢？可以肯定，中國有了經書之後，阿Q還是阿Q，未莊還是未莊，皇上還是皇上，百姓還是百姓，老闆還是老闆，奴隸還是奴隸。

281 佛教倡導破我執和破法執。破法執，應是破一切法執，那麼，這包括破佛法嗎？倘若要徹底，當然也需破佛法。《西遊記》的結尾寫了儘管佛法無邊，但佛也具有人性弱點（公開索取禮物），不可迷信。吳承恩寫佛，又超越佛，這才了不起。

282 中國家長們都教育孩子要「聽話」，要當「乖孩子」。而《西遊記》一反習慣性思維，偏偏寫了一個頂天立地又不聽話的大英雄，既不聽龍王的話，也不聽玉皇的話，只順從內心的絕對命令。其實，沒有一個人才、天才是「乖孩子」，但一定是獨立不移的好孩子。即不是逆來順受的奴才之子，而是敢於挑戰的熱血赤子。

283 破了「我執」，孫悟空才能七十二變，才能接受觀音與唐僧。孫悟空如果因為本領超群而執於「皇帝輪流坐，明年到我家」的妄念，就會蛻化為野心家、統治者，而成不了「鬥戰勝佛」。

284 穿越火焰山固然很難，而穿越女兒國更難。女兒國國王真心愛上唐僧，她美麗而多情。穿越火焰山，必須具有智力，方能戰勝鐵扇公主，穿越女兒國則靠心力。能見絕色女子而不動心，能遇榮華富貴能有力量放下，這不是武力、智力可以做到的。它需要心靈的定力、毅力和信仰力。唐僧正是依靠自身的心力，戰勝了誘惑，走完了自己的取經之路。

285 唐僧在未出發之前，就可在長安講經論典，其學問可謂「滿腹經綸」。而孫悟空由石頭而變，不知詩書。豬八戒、沙和尚、白龍馬等，更是目不識丁的文盲。然而，文化程度雖然不同，卻可以為同一偉大目標走在一起共同奮鬥。人既是生而平等，也可生而並肩比翼，不論知識差異。

286 孫悟空、豬八戒、沙和尚、白龍馬均作了一次最重要的選擇，即選擇拜唐僧為師，伴隨唐僧走上艱難之路。這一選擇，意味着他們走向善，走向光明，走向意義。選擇決定本質，他們的選擇決定了他們乃是光榮、正確的生命。

287 生命的質量由眼睛的視野所決定。孫悟空擁有「金睛火眼」，說明他擁有他者所無的特別視野。這是天地視野、宇宙視野，而不是家國視野、民族視野、群體視野。孫悟空護衛師傅，不僅用他的千鈞棒，還用他的大視野。

288 《紅樓夢》是我的文學聖經，《西遊記》則是我的人生聖經。我的第一人生，與孫悟空相似，喜歡向權威挑戰，喜歡質疑現存秩序，既不在乎地上龍王，也不在乎天上玉皇。第二人生又酷似這位孫行者，一路大戰妖魔，特別是內心鬼怪，而且也接受「緊箍咒」，在爭取自由中，明白需要限定與責任。

289 我在《西遊記》中投下了愛。既愛孫悟空，也愛唐僧；既愛豬八戒，也愛沙僧與白龍馬。對於妖魔鬼怪，我也有大悲憫，所以支持給出路。我對《西遊記》的解說，不僅借助於理性，還借助於愛。

290 誰有難就救援誰，何方有呼喚就到何方。這是唐僧師徒的慈悲原則。慈悲原則不分階級、不講地位、不論等級，一律給予慰藉和幫助。平民有求，他們總是見義勇為。國王有難，他們也加以拯救。這正是佛的立場，中道的立場。

291

文學的善，是絕對不欺騙讀者。從這個意義上說，真便是善。所以文學除了無須政治、道德法庭之外，也無須面具。作品中可以有面具，但那只是嘲諷、玩掌之物，絕非作者態度。作家不可帶上任何面具。孫悟空、豬八戒、沙和尚，雖長得醜，但不帶面具。「三國」中人，也可以說是「面具中人」，主角全帶面具。人類的面具愈來愈精緻。中國「高大全」英雄幾乎全帶面具。最不堪的是「三國」作者與當代英雄塑造者本身也帶面具並欣賞「面具中人」。

292

只知吃飽喝足，不知何為格調，何為品相，這就是豬八戒。只知佔有嫦娥，不知尊重嫦娥，這也是豬八戒。只有三流慾望，二流武功，卻企圖享受一流生活，這是八戒妄念。只見實利，不見精神，更無信念，這是八戒未能成佛的原因。豬八戒形象，不僅給人快樂，而且給人一面鏡子。

293

不癡、不貪、不嗔，這是沙僧。無慾、無邪、無私，這是沙和尚。他沒有孫悟空的巨大本領，但也沒有豬八戒的惡習陋習，是個平常人、平常徒，有着平常心。這種平實之徒，未被封佛，卻也是正果羅漢，值得敬重。在取經的團隊裏，有他，才能團結，才能和諧。平實並非平庸，平和也非平庸。

294 白龍馬，本是龍二代、龍公子，卻俯首甘為聖者牛，一心追隨求索真理的隊伍，參與建立精神大業，為人類立下不朽功勳。這是海馬，更是天馬。不慕龍宮中的榮華富貴，卻跟從唐僧去作萬里跋涉，這種白龍馬精神，更足以撼人心扉。這種自討苦吃、自求實現、自力更生的白龍馬精神，足以感天動地……

295 本領最高、眼睛最亮、責任最重，這是孫悟空。有心、有情、有勇、有識，這是孫行者。可是，這位《西遊記》主人公，最寶貴之處，則是他的心性：酷愛自由，蔑視權威，獨自挑戰專制秩序。他酷愛真理，蔑視妖魔，與諸兄弟護衛唐僧到西天取經。耐心、耐苦、耐勞，還耐委屈、耐苦戰、耐折磨、不屈不撓。

296 心地最美、心性最善、心眼最真，這是唐僧。忠於信仰、忠於信念、忠於信徒，這是唐三藏。因為他呈現真、善、美，因為他集中大慈、大悲、大愛，所以贏得英雄愛戴，也贏得眾望所歸。他本身就是經、就是典、就是佛、就是禪。《西遊記》不僅給讀者塑造出一個頂天立地的無敵英雄，還提供了一種感天動地的善良心性。

297 一心關懷民瘼、一心救苦救難、一心播種真理，這是觀音菩薩。滴水撲滅火焰、滴水澆滅仇恨、滴水復活萬物，這是觀音功能。信徒們塑造她的形象擁有千千手，吳承恩塑造她的形象只有一雙手。這雙提着小瓶清水的手，帶給人間無盡的生機與希望。她走到哪裏，就把福音福祉帶到那裏。

298 中國的國民性問題，是居上層者，太多想當玉皇龍王，即太多玉皇夢與龍王夢，既可榮華富貴，又可號令天下，還有天兵天將與蝦兵蝦將保護。反之，又太少有人想當唐僧這樣的聖者志士，既清廉寡慾，又辛辛苦苦地歷盡坎坷追求真理。國民性問題，就下層而言，則太多豬八戒，即太多小聰明，太多自私自利、自作聰明。而太少孫悟空即太少大聰明，那種勇於擔當、勇於挑戰專制權威、勇於求索自由與真理的大聰明。

299 中國人的心靈字典裏，沒有「高貴」二字。豬八戒的意識中，也沒有此二字。有吃、有喝、有漂亮女人就高興，但高興不等於高貴。當下許多高官權貴，也不知道這不是高貴，功名、財富、權力都不是高貴，唯有放下這一切而尋求真理與光明，真誠地為人類進步服務，自尊、自立、自明，那才是高貴。

300 兩部石頭記都寫「幻」，但《紅樓夢》寫的是仙幻，呈現的是警幻仙境與四大仙姑；而《西遊記》寫的是佛幻，呈現的是釋家靈山和諸多佛身。雖然都是「幻」，卻又非常「實」。前者是閨閣女子的本真形象，超越主體。後者是佛山諸神的世俗形象，現實主體。因此，兩部傑作可稱為「仙幻現實主義」和「佛幻現實主義」。再加上兩者都有大浪漫、大妖魔，稱之為「魔幻現實主義」或「魔幻浪漫主義」也可以。比賈西亞·馬奎斯（García Márquez）的《百年孤寂》還早出五百年。「主義」是概念，生命是真實。兩部經典的價值在於都寫出人性的真實和神性的真實。

301

整部《西遊記》告訴我們，抵達靈山，並非抵達地圖上被稱作「靈山」的那個點，也不是會晤如來佛王的那個瞬間，而是抵達自由王國的巔峰，自由精神的至高點，也就是抵達「從心所欲而不逾矩」、思想飛揚而不需要「緊箍咒」的最高境界。萬里跋涉，千山尋找，最後找到的是心靈自由的真理，那是自身的光明與自身對自由的覺悟。

二〇一六年五月初稿
二〇一八年八月完稿
美國科羅拉多

雙典百感

01

阿根廷的詩人作家博爾赫斯曾批評美國作家愛倫·坡的作品過分渲染悲痛。愛倫·坡說：「恐怖不是來自德國，而是來自靈魂。」博爾赫斯卻認為，沒有必要從德國浪漫派的作品中尋找恐怖。[1] 可是愛倫·坡卻為我說出一項真理：恐怖往往來自兩部文學經典。從少年時代開始，《水滸傳》與《三國演義》就開始不斷襲擊我的靈魂。李逵刀砍四歲嬰兒小衙內，武松揮刀殺嫂又殺小丫鬟，張青夫婦開設人肉飯店，劉安殺妻招待劉備，曹操殺王垕以安軍心，還有三國時期戰爭中那種說不盡的詭術、騙術、權術，一樁一樁全是噩夢。我對雙典的批判，便是借此走出噩夢、走出恐怖、走出人性恐怖圖像給自己投下的陰影。

02

終於意識到：和《水滸傳》的邏輯（凡造反使用什麼手段都合理）劃清界限，和《三國演義》的邏輯（偽裝得愈好，成功率愈高）劃清界限，才有靈魂的健康。無論是對於自己還是自己出身的民族，都是如此。水滸英雄們大塊吃肉、大碗喝酒，身體是健康的、強壯的，但靈魂並不健康。樂於「排頭砍去」的靈魂是有病的，把潘金蓮的人頭拿來當祭物的靈魂是有病的。三國的豪強們爭奪天下，激情

---

1 豪爾赫·博爾赫斯（Jorge Borges），王永年譯：《博爾赫斯談話錄》（上海：上海譯文出版社，2008），頁101。

燃燒，身體也是健康的、強壯的，但頭腦佈滿權術，心中全是機謀，哭也假，笑也假，靈魂更不健康。愈向雙典靠近，靈魂愈是佈滿病毒。

03

《水滸傳》與《三國演義》是壓在中國人身上、心上的大山。這兩座大山不推翻，中國婦女在精神上就永世不得翻身。這兩座山屹立着，中國婦女就難以擺脫「尤物」、「禍水」、「狐狸精」等罪名。同樣是追求生活的婚外戀者，同樣是一個潘金蓮，在《紅樓夢》中，秦可卿被送入天堂（夢幻仙境）；在《金瓶梅》中，潘金蓮被放入人間（無善無惡）；在《水滸傳》中則被投入地獄（死於武松的刀下）。婦女在《水滸傳》中是被殺戮對象，在《三國演義》中是被利用對象。前者為刀俎之物，後者為政治動物。中國人從皇帝到平民，從將軍到士兵，從知識人到工人農人，全被這兩座山壓着，統治着。大山壓着，神經變得麻木，以為造反有理，以為慾望有罪，以為女人是禍水，以為權術是智慧，以為團夥結義是道德。於是，天天背着畸形的道德法庭和替天行道的政治法庭，不得解脫，不能翻身。近幾百年，中國表面上是帝王、軍閥、總統統治着，其實從上到下都是這兩座大山統治着，主宰着，從意識世界一直統治到潛意識世界。

04

《水滸傳》和《三國演義》讀來有趣，其中有精彩故事、有神奇人物、有超人智慧、有英雄氣概，但是，缺少一樣東西，這就是人性，最普通、最基本、最要緊的人性。雙典中著名的英雄（後來成為中國人的偶像）缺少一點覺悟，不知每一個生命個體，哪怕最微不足道的個體，都有其生命權利與存在價值，大刀大斧不可指向這些無辜的生命。張青、孫二娘的菜園子（人肉飯店）原則是三種人（妓女、和尚、囚犯）不吃，其他的皆不放過，可是人有千種萬種，每一種都應當尊重，都有活着的權利。人之所以成為人（區別於禽獸），就是人具有不忍之心，即不忍殺他人、吃他人和傷害他人。

05

劉劭的《人物志》把流業分為十二家：清節家、法家、術家、國體、器能、臧否、伎倆、智慧、文章、儒學、口辯、雄傑。

觀《三國演義》，這十二家都有。其中有許多人身兼數家數能，如諸葛亮，他就兼有法家、術家、器能、臧否、智慧、文章、儒學、口辯、雄傑。但三國中人，就其「角色」而言，最多的是術家，即權術家、心術家。雖然都是術家，但又有很大差別，有的善儒術，如劉備；有的善法術，如曹操；有的善陰陽術，如司馬懿。而就其功能而言，「三國」的器能、臧否、口辯都極發達，魏、蜀、吳三方的謀士集團中均有一流的辯才，一流的批判家（臧否），一流的「秘書」（器能）。然而，最發達的是「伎倆」。三國時代將中國的政治伎倆和其他生存伎倆推向了高峰。連智慧也變成伎倆。無所不在的伎倆，前所未有的伎倆，才是「三國」大人物的特色。

06

魏晉創造了一種文化性格，魯迅稱之為「魏晉風骨」。牟宗三先生稱之為「名士人格」。這種人格乃是「唯現逸氣而無所成」，屬於集天地之逸氣，卻是天地之棄才。牟先生認為曹雪芹所塑造的人物賈寶玉，就是這種人格形態。他說了一段很精闢的話：「曹雪芹著《紅樓夢》，着意要鑄造此種人格形態。」其贊賈寶玉曰：「迂拙不通庶務，冥頑怕讀文章，富貴不知樂業，貧賤難耐淒涼。」這種四不着邊，任何處掛搭不上之生命即為典型之名士人格。曹雪芹可謂能通生命情性之玄微矣。這種人格是生命上之天定的。普通論魏晉人物，多注意其外緣，認為時代政治環境使之不得不然。好像假定外緣不如此，他們亦可以不如此。此似可說，而亦不可說。外緣對於這種生命並無決定的作用，而只有引發的作用。假定其生命中無此獨特之才性，任何外緣亦不能使之有如此之表現。即虛偽地表現之，亦無生命上之本質的意義，亦不能有精神境界上之創辟性。魏晉名士人格，外在地說，當然是由時代而逼出，內在地說，亦是生命之獨特。人之內在生命之獨特的機括在某一時代之特殊情境中迸發出此一特殊之姿態。故名士人格確有其生命上之本質的意義。非可盡由外緣所能解釋。曹雪芹甚能意識到這種生命之本質的意義，故能於文學上開闢一獨特之境界，而成就一偉大之作品。此境界亦即為魏晉名士人格所開闢、所代表。

牟先生這一論斷無可爭議，但他提出《三國演義》中的諸葛亮雖非名士卻有逸氣的見解，則值得討論。諸葛亮在日理萬機之中，確有一種他人無可比擬的從容與風流，羽扇綸巾中神露智顯。可惜他的這種狀態只能裝給司馬懿等敵人看，實際上自己卻力疲心歇，不得喘息，五十多歲就鞠躬盡瘁，勞累而死。因為他已進入政治、軍事的中心漩渦地帶，完全沒有逸的可能，即沒有淡泊與寧靜的可能，他發出的聲音均是指令與計謀，其中不僅有重言，而且有謊言，如改「二橋」為「二喬」以煽動周瑜反曹等。身在政治較量漩渦之中，其逸很難逸之真切，諸葛亮出山之後的逸態，多半是偽態。

07

如果說《紅樓夢》是一種名士文化，那麼《水滸傳》則是一種鬥士文化，而《三國演義》似可稱為謀士文化。

《紅樓夢》中的史湘雲，鮮明地折射出名士文化。她不拘形骸，自由放達，逸得很真、很純。她的姑奶奶（賈母），也很有名士風度。而最大的逸士是賈寶玉，他的身上集中了名士文化的全部特點。《水滸傳》雖屬戰士文化，可惜是太多戰士的偽形。像魯智深，可稱真戰士，他英勇善戰，但不濫殺無辜，始終守持戰士的人性邊界；而李逵、武松等，則殺人如麻，刀斧指向一片混亂。《三國演義》從文化上說，比的不是力量，而是計謀。於戰爭中，表面上看是靠將士，從深層看是靠謀士。諸葛亮是智力最高的第一謀士，他代表着三國時代最深層的文化。

08

曹操確實愛才如命。他對關羽、趙雲之愛的故事確實感人。趙雲在曹軍的重重包圍之中，如果不是曹操慕其英勇、下了一道「勿傷害」的命令，趙雲哪能沖出一條生路，救出阿斗？但是，曹操之所以愛才，還是因為「才」能為我所用，一旦發現才不附我順我，他也不容「才」立足於天下。荀彧為他立了那麼大的功勞，還是被他所「不容」，更勿論楊修、禰衡了。可惜可惜，即使像曹操這樣「愛才如命」的統帥，也走不出「順我者昌，逆我者亡」的專制定律。

09

牟宗三先生認為從才性的角度上說，英雄與聖賢的區別在於前者「順」，而後者則有「逆覺」。也就是說，英雄總是順其天性而為，缺少「理性」，而聖人雖也有先天的才性，但又能超越自己的才性去就範天理。

牟先生所說的「逆覺」，用今天的語言表述，便是「反思」、「反觀」、「反省」，即能把自己作為審視對象，有自知之明，能自我克服。孔子所說的「克己復禮」，大約也是這個意思。《三國演義》中的英雄，如曹操、劉備、孫權、關羽等都缺少這種「逆覺能力」，個個自以為是。關羽也如此，他最後的失敗正是缺少自知之明，對自己估計過高，對敵方估計過低。「三國」中唯一具有「逆覺能力」的是諸葛亮，所以他才會揮淚斬馬稷，才會在戰敗後自我處分（降三級）。因此，他是「三國」中唯一的「英雄」兼聖人的天才。可惜因為戰爭環境極為險惡，他的智慧常常化作心機權術，處世也戴面具，與真正的聖賢還是不能同日而語。無論如何，聖賢是不可搞陰謀詭計的。

10 曹操煮酒與劉備論的是英雄，不是聖賢。英雄聖賢都需要智慧，但英雄的主要特徵是「膽力」，而聖賢的主要特徵則是「道德」。曹操自知自己如天上蛟龍，擁有膽力，但他的「寧負天下人」，則離聖賢十萬八千里。他不能做「內聖外王」之王，只能做「內雄外王」之王。劉備滿口仁義道德，卻滿腹「宇宙之機」，離聖賢也很遠。曹操稱他為英雄時，他嚇得手足無措，曹操道破他實際上也是膽力過人、能屈能伸的野心家。中國的歷史，在秦之後，漢代崇儒，算崇尚聖人，漢末進入亂世，則崇尚英雄。漢之後，時而崇英雄、時而尊聖賢。宋代是崇尚聖賢的高峰，國勢變得很弱，沒有力量。清則兩者都尊。「五四」運動的劃時代意義，是結束英雄崇拜與聖賢崇拜的時代，進入凡人生活的時代。雖然之後還有反復（乃有英雄崇拜），但凡人與英雄聖賢平等的時代開始了。用黑格爾的語言說，史詩時代結束了，進入的是散文時代。

11 《紅樓夢》的夢是個性的，每個人的夢和每個人物的「夢中人」都不同。《三國演義》的夢是共性的，曹操、劉備、孫權，也包括袁術、袁紹等，在戰場中打得你死我活，回到帷幄之中和睡床之上，夢的是相同的東西，就是可戴在頭上的那一頂綴滿珍珠寶石、可以號令天下的王冠。為了爭奪這一頂王冠和那一個曾經落到孫策手裏的玉璽，沙場上打得血流成河。《紅樓夢》的夢，是帶淚的夢；《三國演義》的夢，是帶血的夢。

12 《紅樓夢》花了很長的篇幅寫兒童的故事。賈寶玉一周歲時，父親便要試他將來的志向，將那世上之物擺了無數，讓他抓取，誰知他一概不取，只取脂粉釵環。七八歲光景時，他童言無忌，說出「女兒水做」、「男人泥做」的驚人之語，與黛玉第一次見面時就給黛玉取別名，發了一番讀書議論。但在《水滸傳》和《三國演義》中看不到兒童的故事，只見四歲小衙內被李逵砍成兩段；還有一個兒童是阿斗，被劉備扔到地上；三是童年時代的曹操，尚未涉世，就在家裏搞陰謀詭計加害親叔叔。

13 可作一假設：如果李逵活在清代，而且造反成功，梁山隊伍打到北京城，進入了賈氏的榮國府與寧國府，那麼，他的大斧照樣會排頭砍去，肯定會殺盡丫鬟小姐，恐怕連賈寶玉與林黛玉也不會放過。他是否會重演狄公莊那場抓住「狗男女」來剁殺的慘劇也未可知。中國農民革命的歷史性悲劇，正是流血成河以後只是更換了權力主體，更換了新貴，以新的暴君取代舊的暴君。歷史為什麼老是重複，想想李逵就明白。

14

讀了《紅樓夢》與《三國演義》，明白一個做人「大方向」：可以做大觀園中人，不可做三國中人。大觀園中有競賽，但無爭奪。在詩意的競賽中，賈寶玉為勝利者鼓掌（李紈宣佈比賽結果：瀟湘妃子第一，怡紅公子最後一名），他雖被評為最差，但稱讚評判者公道。三國中人的爭奪，卻是你死我活，為了戰勝對手，不惜踐踏無辜的生命和用盡黑暗的陰謀詭計。大觀園中人不知何為心機，所以王熙鳳等不可居住園中。三國中人，則佈滿心術權術。可惜世界上太多三國式的權術較量，太少大觀園式的詩意棲居。

15

《紅樓夢》給中國人提供了心靈體系；而《三國演義》卻提供權術體系。《紅樓夢》中也有王熙鳳式的權術，但作者說她「機關算盡太聰明，反誤了卿卿性命」，基本點是蔑視與批判的，它暗示權術與優秀的心靈體系背道而馳。而「三國」對權術則一路欣賞過去。曹操、劉備、孫權都是機關算盡，但他們一點也不耽誤性命，反而把性命推向權力的尖峰。

16

人的差別之大，人性的差別之大，大得無法估量與言說。有的人的人性單純得極為純粹，具有純粹的徹底性，如《紅樓夢》中的賈寶玉，完全沒有心機、心計、心術，以至於像個傻子。人世間的一些天才藝術家如梵高、莫札特、吳爾芙（Virginia Woolf）、搖滾樂王米高・積遜（Michael Jackson）等都單純到極點。他們在藝術的王國裏，充滿靈魂活力，光芒萬丈，但在世俗世界裏，他們卻什麼都不懂，更不知怎麼與人交往。但有的人卻極為複雜，其人性是一個佈滿機謀與算計的世界。《三國演義》中的三國中人，如曹操、劉備、孫權等都是深不可測的人。

17 《三國演義》有偉大的智慧，但無偉大的心靈。諸葛亮的《隆中對》有歷史的洞見、現實的把握，還有未來的預見，其戰略智慧可為大矣。可惜三國智慧，包括諸葛亮的智慧，只切入大腦，未切入心靈。由於智慧缺乏偉大心靈的支撐，所以其智慧均是分裂的，常常發生變質，化作權術與機謀。與《三國》相比，《紅樓夢》不僅具有偉大的智慧，而且具有偉大的心靈。其主人公賈寶玉與林黛玉的心靈是完整的，他們的智慧是建構詩意生活的想像。

18 讀了《紅樓夢》，再讀《三國演義》，便知道人類各自的追求真不相同。一部分愛詩歌、愛繪畫、愛音樂、愛自然、愛真情；另一部分則愛權力、愛皇冠、愛財富、愛功名。兩部分人都會遊戲，前者玩的是詩、是歌、是燈謎；後者玩的是血、是刀、是人頭。同一片土地，同一片天空，可是天下地上人們的嚮往、憧憬、焦慮多麼不同。哪一部分人更可愛，更久遠？應當是前者，不是後者。

19 唐吉訶德的征途是獨立支撐的征途，中國缺少這種傳統，所以需要仰仗兄弟之盟，仰仗集團，崇尚「義」的紐帶。《三國演義》的桃園之「義」，實際上是一種盟約，即組織原則。個體靈魂如果站立不起來，「義」字就一定會盛行。存在主義草創者薩特關於「存在先於本質」的命題宣示：自身對自身的把握應先於被後天的社會關係所規定的總和，當然也應先於被團夥所規定的本質。因為自身未能完全把握自身，所以才需要「義」來幫助把握。

個體對自身的認知與把握應當先於被關係所規定的總和（本質）。自知其無知，首先認識你自己，然後才被他人所認識。他人對「我」的評語，不要在乎，即不要被他者的評語動搖你的本真存在，剝奪你的自由。

20 中西方文化有一重大差別：西方重思辨藝術，中國重生存智慧。不仰仗上帝，而靠自己的生存能力與生存智慧自強不息，本是好事，但因為生存環境過於險惡，智慧便發生變質，化作權術與詭術。於是，當西方的思辨藝術發展為形而上學的哲學體系時，中國的生存技巧也發展為成熟的權術體系。《三國演義》就是權術體系的形象展示，中國文化重生存智慧的基本優點變成基本缺點；生存智慧變成生存伎倆。

21

如果說，心靈是《紅樓夢》的第一主角，（賈寶玉、林黛玉等都是心靈的載體），那麼，權術則是《三國演義》的第一主角。曹操、劉備、孫權等，全是權術的載體。三國時代，心靈銷聲匿跡，連女子的心靈也看不見。歷史只給某些女子（如孫夫人、貂蟬）提供政治舞台，但不提供內在世界。三國時代的領袖，會欣賞頭腦、欣賞才幹，但不會欣賞心靈、欣賞性情。這是一個心靈被遺忘的時代。

22

在《紅樓夢》中，林黛玉作《五美吟》，薛寶琴作《懷古十絕》。女子在解說世界，解說歷史，女子有自己的靈魂。《三國演義》、《水滸傳》中沒有一個婦女能對歷史作出解說，她們都是男人的工具，男人的附屬物。西方中世紀宗教統治時期，曾討論過婦女有沒有靈魂。倘若讓「三國」、「水滸」的英雄們作答，他們一定會一致地認定：婦女沒有靈魂。

23

讀《紅樓夢》，讀到的是童心；讀《三國演義》，讀到的是野心。曹雪芹暗示，所謂童心，就是不戴任何面具。而三國中人，尤其是三國中的英雄，則個個都戴面具。《紅樓夢》所做的夢是太虛幻境的孩子夢；《三國演義》所做的夢是玉璽到手的皇帝夢。《紅樓夢》是眼淚之書；《三國演義》是鐵血之書。「紅樓」的淚是真的；「三國」的淚是假的。是走向「紅樓」，還是走向「三國」，倒真正是心靈大方向的選擇。

24 教育的第一目的，對於中國的學子來說，也許可以表述為：不要做「三國」中人，不要做「水滸」中人。也就是在複雜的社會生活中要純化自己，守持本真的心性，而不是長滿心機，長滿暴力趣味。離「三國」、「水滸」愈遠，心性就愈加美好。健康優秀的人性便是拒絕心機、拒絕暴力、拒絕爭奪財富、權力、功名的品格。

25 對於中國的世道人心，危害最大的不是孔子，而是《三國演義》與《水滸傳》。四五百年來，造成中國國民性之黑暗的，不是前者，而是後者。「五四」新文化運動的一大失誤，是把前者作為主要打擊對象，而未把後者作為主要批判對象。放過了劉備、李逵、武松，抓住了孔子，放過了張青、孫二娘的人肉飯店，抓住了儒家的「孔家店」。批孔未必能推動新人性的產生，批「三國」、「水滸」卻可以守住道德底線。

26 五百年來，中國人的民族文化性格一直被《三國演義》和《水滸傳》這兩部書所塑造。小說文本中可以看到梁山造反首領對盧俊義、秦明、朱同等的強行改造，而小說對中國社會世道人心的塑造更是廣泛而規模巨大，可是看不見，不易發覺。中國人把三國中人捧為神明，把水滸中人捧為「天人」（金聖嘆對武松的評語），其心靈就開始被關羽、武松、李逵所塑造。魯迅的《阿Q正傳》寫中國人熱衷於品嚐暴力趣味，觀看死刑時覺得砍頭才有趣，槍斃則乏味。《水滸傳》的李逵正是玩賞這種血腥趣味的先鋒，他在用斧頭剁起人肉時，生命才享受到最高的快感。

27

三國時代，每一個兵士、校尉、將軍、文士都殫精竭慮，努力去做一個英雄，但都沒有想到應當努力做一個人。一個英雄必須膽力過人；一個人則必須有善良、正直、誠實的心靈。英雄必須為自己殺出一條血路，必須踏着別人的屍體前進；而一個真正的人則不能隨便傷害另一個人，更不能在他人的血泊中建構自己的事業和贏得人生的光輝。在那個時代，當一個不玩心術權術而守持生命本真的人，比當一個英雄更難。

28

中國進入「三國對峙」，很像西方進入「古羅馬」，即真正進入了一個英雄崇拜的時代。「煮酒論英雄」不是一時興致。那個時代，英雄就是歷史主角、歷史主題。這個時代延伸到唐，直至南宋，二程及朱熹才改變了時代的文化基調，把英雄崇拜變為聖人崇拜。孔孟再次成為歷史主角。英雄講究立功，聖人講究立德，宋代雖然也出現了岳飛、文天祥，但對他們的崇敬是後世的事，當時他們死得很慘。聖人崇拜一直沿襲到清末，曾國藩雖為三軍統帥，但他只期待自己為聖人，並不希望自己是英雄，所以一旦戰勝太平軍，便立即交出軍權。直到「五四」新文化運動宣佈「打到孔家店」才結束聖人崇拜，而進入了平民時代。這又很像西方的文藝復興，結束了一個中世紀的神聖崇拜，確立了以人為中心的時代基調，宣佈的是每一個人、每一個生命個體都是重要的，靈魂主權不僅屬於英雄、屬於聖人，也屬於每一個有血有肉的老百姓，凡生命都應受到尊重，受到崇拜。以「五四」人文主義為參照系去觀看《三國演義》，就明白它只把英雄當作人，不把普通人（尤其是婦女）當作人。整個時代闕如的不是英雄性，而是人性。

29 英雄時代講究立功，聖人時代講究立德，凡人時代講究立人。《三國演義》所展示的英雄時代，其主角們個個都想建功立業，但都遺忘甚至鄙視聖人的教導。戰爭太殘酷，老是想到聖人的仁義之論，就會打敗仗。因此，像劉備這種既想當英雄又想當聖人的首領，便常常露出「偽裝」的尾巴。

英雄們立功心切，不把聖人當回事，更不把「凡人」、「普通人」當回事。因此，三國時代便蛻變為最不講道德的時代，又是普通人最不值錢的時代。

30 曹操與劉備煮酒論英雄，認定英雄為「使君與操耳」，天下英雄非他倆莫屬。按照劉劭《人物志》的英雄定義，英雄乃是「明」與「膽」二者兼備，即「英」與「雄」兼而有之。他說：「是故聰明秀出謂之英，膽力過人謂之雄，此其大體之別名也。若校其分數，則牙則須，各以二分，取彼一分，然後乃成……若一人立身兼英雄，則能長世」，英雄必須聰明過人和膽力過人。曹操和劉備雖多權術，但這兩個條件還是具備，所以曹操的判斷可以成立。「三國」中的諸葛亮、周瑜也「英」與「雄」兼備，無愧英雄稱號，呂布這個人，雖膽力、體力有餘，但聰明不足，難以稱為英雄。按照劉劭的定義，趙雲的英雄性比關羽、張飛更強。這就難怪筆者家鄉的香火要獻給趙公元帥趙子龍。

辛棄疾詩云：「天下英雄誰敵手？曹劉。生子當如孫仲謀。」一方面確認曹操、劉備為英雄，另一方面又確認能與天下英雄鼎足而立的孫權也是英雄。《山海經》中的女媧、精衛、夸父，其英雄特點也是敢於選擇「天」、「大海」、「太陽」等最強大的對象為對手，膽力可以和天地齊觀。孫權敢於與曹劉對峙，的確不失為英雄。

用劉劭的「明」、「膽」兩把尺度衡量《水滸傳》主要人物，可知魯智深是真英雄，而李逵、武松雖膽力超群卻毫無「英明」可言。因此，選擇他倆作為崇拜對象，並非準確的英雄崇拜。

31

劉劭在《人物志》中分述「英」與「雄」。他把「英」定義為「聰明秀出」，「雄」定義為「膽力過人」，認為二者兼備才算英雄。把握其真髓，英乃指涉智慧，雄乃指涉力量，既柔且剛，才是人格理想。放入現實世界中，文臣一般呈現為英，武將一般呈現為雄，文武兼備，更是英雄。可稱知識分子為知識精英，卻不可稱之為知識豪雄。「則牙則鬚，各以二分」，劉劭的比喻只言「分」，我們也可延伸其意，視文士如鬚，視武將如牙，在戰亂時代，牙附於唇，鬚附於皮，二者都必須有「主」可依。不過，相比之下，鬚比牙更懦弱，對權勢的依附性更強。因此，武將中易出叛徒，文士中易出奴才。

32

金聖嘆把武松評為「天人」，把武松樹為英雄典範，實際上，這不是中國文化中的英雄正典，而是偽典。正典是老子所說的「勝而不美」的英雄，即以喪禮的哀傷態度對待勝利（不得不殺人）的人，而武松殺了人卻得意忘形，在牆上寫了「殺人者武松也」，大擺勝利之姿。樹了武松這一偽典，老子的那一正典就消失了。返回古典，是返回正典，不是返回偽典。

33

三國時代是典型的亂世。亂世的基調是爭天下的戰爭。要爭天下，首先要爭人才。誰擁有人才，誰就擁有天下。所以曹操、劉備都愛才如命，他們的愛才，説穿了，是愛自己的「英雄事業」，在這個英雄時代裏，他們只有立功的觀念，沒有立德觀念，只有人才意識，沒有人品意識。誰只講道德而不講權術心術，誰就是失敗者。戰國時宋襄公講戰爭規則，被認為是「蠢豬式的道德」，三國時更是共同的潛意識。劉備的仁義，也只掛在嘴上。劉璋丟棄益州，就因為他相信劉備真講道德。呂布死前求劉備幫忙，也以為他還存有惻隱之心。三國的道德只剩下一個

「義」字，但義也變質。「義絕」只是對結盟兄弟和若干朋友的絕對忠誠，並無對人類生存普遍原則的絕對忠誠，不是絕對道德。只是小義，不是大義。

34

《三國演義》無精神指向，更無深刻思想，但有全書立足的「正統」觀念，因此以「擁劉抑曹」為其政治基點，把劉備視為正宗，竭力溢美，把曹操視為邪派，竭力溢惡。後世讀者（包括一些史家）受其影響，也都以正統派自居，全然沒想到，所謂「正統」是個什麼東西。那個破敗不堪、罪惡纍纍的漢朝專制傳統，值得維護嗎？直到一九〇二年，梁啟超才大聲疾呼：正統觀念要不得，正統觀念乃根深蒂固的奴隸觀念。他在《論正統》一文中說：

> 中國史家之謬，未有過於言正統者也。言正統者，以為天下不可一日無君也，於是乎有統；又以為天無二日、民無二主也，於是乎有正統。統之云者，殆謂天所立而民所宗也；正之云者，殆謂一為真而餘為偽也。千餘年來，陋儒齗齗於此事，攘臂張目，筆鬥舌戰，支離蔓衍，不可窮詰。一言蔽之曰，自為奴隸根性所束縛，而複以煽後人之奴隸根性而已。是不可以不辯。

梁啟超還特別指出：「自古正統之爭，莫多於蜀魏問題」。《三國演義》以蜀漢為正統，因此把這一派系的關羽、諸葛亮均加以神化。中國幾百年來的讀者在接受這些神化偶像時，忘了支撐自己的偶像崇拜的基石，恰恰是奴隸根性。

35

甲午戰爭之後，中國知識分子面對大失敗、大恥辱進行反省，思考中國作為一個大國為什麼變成弱國，「積弱」的原因在哪裏？梁啟超為此寫了〈中國積弱溯源論〉（寫於一九〇一年五月）。這篇長文的第三節，標題為「積弱之源於政術者」。他指出積弱有多種原因，但有一種根本原因，是歷代統治者的政術敗壞。本該堂堂正正的政術，變成「之術」、「奴役之術」。無論是誘惑、強制還是控制，都是權術。僅役術就使精英變成機器與奴才。他特別從三國說起：

> 曹操號令於中國曰：「有從我游者，吾能富而貴之。」蓋彼踞要津、握重權之人，出其小小手段，已足令全國之人，載顛載倒，如狂如醉，爭先恐後，奔走而趨就之矣。而其趨之最巧、得之最捷者，必一國中聰明最高、才力最強之人也。既得此最有聰明才力者，皆入於其彀中，則下此之猥猥碌碌者，更何有焉？直鞭箠之、圈笠之而已。彼蟻之在於蛭也，自吾人視之，覺其至微賤、至么麼而憐也；而其中有大者王焉，有小者侯焉，群蟻營營逐逐以企仰此無量之光榮，莫肯讓也，莫或怠也……
>
> ……故昔者明之太祖，本朝之高宗，其操縱群臣之法，有奇妙不可思議者，直如玩嬰兒於股掌，戲猴犬於劇場，使立其朝者，不復知廉恥為何物，道義為何物，權利為何物，責任為何物，而惟屏息踡伏於一王之下。夫既無國事民事之可辦，則任豪傑以為官吏，與任木偶為官吏等耳；而駕馭豪傑，總不如

駕馭木偶之易易。彼歷代民賊籌之熟矣，故中國之用官吏，一如西人之機器，有呆板之位置，有一定之行動，滿盤機器，其事件不下千百萬，以一人駕馭之，而戢戢然矣。而其所以能如此者，則由役之得其術也。夫機器者，無腦、無骨、無血、無氣之死物也，今舉國之官吏，皆變成無腦、無骨、無血、無氣之死物，所以為駕馭計者則得矣，顧何以能立於今日文明競進之世界乎？

〈中國積弱溯源論〉全文兩萬餘言，第一節論積弱之源於理想者；第二節論積弱之源於風俗者；第三節論積弱之源於政術者，第四節論積弱之源於近事者；意在診斷中國積弱之病源，尋求治療之術。

中國的權術到了三國時代變成一個成熟的體系，它不僅是鬥爭術，而且是鑽營術；不僅是統治術，而且是奴才術；梁啟超講的是統治術與奴才術。僅此一項，就足以使知識精英不知廉恥為何物、道義為何物、權利為何物、義務為何物了。許多奴才，因要了權術，變成了狗奴才、豬奴才、狐狸奴才。

36

權術，由「權」與「術」二字組成。「權」的本義並不壞，它是指摒棄僵死經義的靈活性。孔子說：「可與共學，未可與適道；可以適道，未可以立；可與立，未可以權。」（《論語・子罕第九》）漢儒說：「反經合道曰權。」所謂反經，就是反僵死原則的靈活；所謂合道，則是指靈活乃是不背棄大原則的靈活。權術恰恰是把靈活性推向毀滅一切心靈原則與社會原則的極端，把手段、技巧、策略、陰謀放在第一位，為了達到政治目的，不擇手段，既不講道德，也不講道理，更無所謂道義。《三國演義》中的智慧發生變質，便是智慧變成了權術，只合術不合道。只合小目的（個人、集團私利、功利），不合大目的（人類的生存、發展、延續）。康德講美是「非目的的合目的性」，「三國」的智慧公式恰恰相反，是「合目的的非目的性」，即只合私人與集團利益，不合人類生存、延續的根本指向。

37

「一定要戴面具，千萬不要忘記戴面具」，這是「三國」權術家的第一經驗。哪怕是篡奪最高權力的新皇帝登基，也不可忘記這一要點。曹丕與「群臣」逼迫漢獻帝退位、自己就要「受詔」坐上皇帝寶座時，司馬懿給曹丕一個重大提醒，就是不可忘記戴上面具。小說寫道：

> 曹丕聽畢，便欲受詔。司馬懿諫曰：「不可。雖然詔璽已至，殿下宜且上表謙辭，以絕天下之謗。」丕從之，令王朗作表，自稱德薄，請別求大賢，以嗣天位。（第八十回）

明明已經奪了王冠，還要「上表謙辭」，這一「上表」，就是面具。曹丕的權術不如司馬懿成熟，忘了這一着，經點破立即明白，便欣然接受司馬懿的忠諫。三國時代的權術家不僅最凶狠，而且最虛偽。

38

三國時的知識分子，是名副其實的「毛」，如果不附上一張「皮」，就無法存活。連陳宮這種比較剛正的知識分子，也得附上呂布這張不可靠的虎皮。魏、蜀、吳這三張大皮，提供給許多知識分子依附。曹營中的郭嘉、荀彧、荀攸、程昱、賈詡、孔融、楊修、王朗等，劉營中的諸葛亮、龐統、蔣沱、費禕、法正、許靖、譙周、秦宓、鄧芝、楊儀等；孫吳中的魯肅、張昭、諸葛謹、諸葛恪等。連袁紹這張皮，也有田豐、沮授、許攸、審配、郭圖這些重要知識人附上。當時的知識分子於戰亂之中，沒有別的出路，能附上皮就很不錯。這些「毛」命運不同，運氣最好的是當上「王者師」，如諸葛亮、龐統、張昭等。其次是當上「王者士」，如上述這些有名氣的謀士，待遇不錯，還受尊重；但許多是不見經傳只是為主人撰寫文件的芸芸者，隨時都可丟掉飯碗，這些知識分子的多數，其實是「王者奴」。像楊修這種聰明絕頂的人，其父楊彪，也算「王者師」，他自以為也可當「王者師」，但在曹操眼中也只是「王者奴」。一旦聰明過分，就把他從自己的皮上拔掉，殺了他。楊修的命運説明，當時的知識分子沒有任何獨立的地位。即使像荀彧這種提供「挾天子以令諸侯」的戰略決策的功臣，當上「王者師」，做了頂尖的能臣的，本質上還是「王者奴」，所以曹操一旦看不順眼（因勸阻他當魏公），也把他除掉了。既然是「毛」，隨時可拔掉，也是王者的應有之義。

39

十六世紀英國查理一世時期的貴族思想家斯特拉福德（Strafford）在斷頭台上（被克倫威爾革命團體判處死刑）對英國的民眾說：「我請每一位聽見我說話的人真誠地捫心自問一下：是否必須在血泊中才能開始新生？」斯揣福特不是不支持社會的變革和國家的新生，而是希望用妥協的、不流血的辦法來實現改革，但激烈的被情緒挾持的革命者不能理解他和饒恕他，終於把他處死。他死後，黎歇留評論說：「英國人殺掉了他們中間最偉大的同胞。」也許是斯揣福特的臨終告誡起了作用，英國在十六世紀之後再也沒有發生暴力革命。與法國不同，英國一直以妥協的辦法把自己的國家一步一步推向現代文明。人類社會的經濟差異尚存，階級、集團、個人的矛盾衝突總是存在，解決這些矛盾的辦法是用你死我活的消滅方式，還是用你活我也活的妥協方式，這是一個最根本的選擇。宋江選擇的是調和妥協的方式，所以一直遭到反對與唾罵，連李逵也罵。幸而李逵是宋江的兄弟，否則早就把宋江當作投降主義者砍入血泊中了。其實妥協不是投降，而是有所讓步地抵達改革社會的目標。條條道路通羅馬，宋江的路也可通向「羅馬」。

40

宋江、吳用等造反派領袖，為了壯大造反事業的聲威，實行了對人的巨大改造工程。逼迫朱同、秦明、安道全、盧俊義上山，其實是強制改造，讓他們更換一種角色。從官吏、將領、豪紳變成寇盜、革命者。為了完成這一工程，他們不惜戰爭、流血，不惜使盡陰謀詭計，殘殺無辜者生命。這是一種壯烈而黑暗的工程。可惜梁山領袖通過改造，雖然讓一些人完成了角色的轉換，卻無法完成其靈魂的轉換。造反者可以把盧俊義等逼上梁山，但無法把他們改造成真正的水滸中人。這種改造工程，歸根結底是烏托邦。

41 立國之本應是文化，不是技術，也不是兵馬。魏、蜀、吳都分別建立了國家，都擁有百萬雄師，但是不過一百年，全都灰飛煙滅。三國都忙於招兵、用兵，沒有時間顧及文化。文化人一部分逃離政治，遁入玄學；一部分入世謀生，成了智囊。但因為缺少文化這個「本」，所以三個王座都是短命的。國家一定是立體的，既有長度、寬度，還得有深度。版圖與力量只是寬度與長度，只有文化代表深度，有深度才有根基。

42 人確實必須擺脱低級趣味，但最低級的趣味是什麼呢？《水滸傳》告訴我們：最低級的趣味是品嚐殺人快感的趣味，品嚐人肉腥膻的趣味。李逵吃人吃得津津有味，武松殺人殺得「心滿意足」，均屬低級政治生物的趣味。魯迅嘲諷中國人好湊熱鬧去看處決犯人，但只想看殺頭，不想看槍斃，覺得殺頭才有趣，槍斃太乏之味。這種畸形的病態趣味，與李逵剁人肉的趣味相通，屬於「末人」（尼采的概念：未完成人的進化之人）趣味。

43 美國的南北戰爭雖也打得你死我活，但是戰後，得勝的北方軍隊還是為戰敗的南方軍隊司令李將軍建立紀念碑、紀念館。這叫做尊重對手。《三國演義》的梟雄沒有尊重對手的觀念，只有抹黑對手的功夫。劉備不僅口口聲聲稱曹操為賊，而且處處抹黑他。當時的勝利者除了精通偽裝術之外，還精通抹黑術，愈是能裝，成功率愈高；愈是把對手抹得黑，就愈佔上風。抹得黑透了，就接近勝利了。當時沒有「批倒批臭」等概念，但抹黑術已達高峰。曹營的軍師王朗竟被諸葛亮抹黑抹死了。

44 三國的領袖們都有勇往直前的激情，偶爾也有些感嘆（如曹操沉吟「人生如夢」），但從不消沉。他們積極進取，決不輕易放過一城一池、一山一水。他們也不相信運氣，每個戰役都經周密策劃，不敢疏忽。因太積極，也就過於勞累，曹操與劉備都活不到五十歲。可惜，他們的全部生命激情都用於追逐絕對權力，激情的指向只是把王冠戴到自己的頭上，留給子孫。因此他們的激情缺少詩意，反而是冷靜時的感嘆帶有詩意。

45 曹操一家出了三個著名詩人。曹丕當了皇帝，日理萬機，但能講出文學乃是「經國之大業、不朽之盛世」的思想，很不簡單（儘管這一思想也危害了文學）。而曹植則可說是個職業詩人，從量上或文采上，曹植都超過他的父親和兄長。

但從境界上，子輩對於父輩還是望塵莫及。曹操對宇宙人生有一種形而上性質的體悟，氣勢恢宏。曹丕、曹植兩兄弟的詩文雖有情調，但無其父的「大氣」（唐宋詩文也是多有情調，少有大氣）。

《古詩十九首》，從形式上不如唐詩成熟，但是從精神內涵說，它比許多唐詩大家純正，更像詩，或者說是真正的詩。《古詩十九首》裏沒有功名心、沒有奴隸相、沒有庸俗氣，是純粹的人生感嘆。曹操詩的格調與《古詩十九首》相近。

46

武松和李逵都是最有力量的人。武松打虎，李逵殺虎，而他們本身也如猛虎。

李逵喜歡用人肉作為下酒的作料，武松開刀，在鴛鴦樓一殺就是十五個人。中國知道苛政猛於虎，不知苛人更猛於虎。這種苛人，實際上是人的未開化或半開化狀態。他們對付起「苛政」是英雄；但對付無辜百姓，則是猛獸。李逵在狄公莊把那對戀愛中的年輕男女砍死，然後疊起來，用大斧剁開下酒；武松砍殺小丫鬟，哪裏是什麼真人、「天人」，完全是猛獸。把未開化的人當作英雄進行崇拜，說明崇拜者也未完全開化。

47

三國的戰爭，不僅把全民族拖入血泊，而且把全民族拖入權術、心術這個黑暗的深淵。中國人，尤其是中國人的上層，集體染上一種惡習，就是迷戀權術、相信權術的惡習。這種惡習之深，深到了政治深處，也深到人性深處。像貂蟬這樣聰明美麗的女子，她生在那個時代，被當作一個傀儡去捕獵兩個強人，不僅不會感到羞愧，而且很自豪，因為她只是按照當時的習性與慣性做了一件事而已。貂蟬的成功，更讓人感到陰謀詭計遠勝於刀槍劍戟的力量。

48

漢獻帝的皇帝寶座風雨飄搖之後，王冠勢必飄落到另一個人的頭上，於是，各路豪強的焦慮中心便集中於王冠。由此，中國開始了新的價值時代：唯一有價值的就是這一王冠和它代表的絕對權力還有相應的爭奪這王冠的權術。其他的一切，例如人的尊嚴，人的品格，人的愛情，全都變得一錢不值。

49

水滸、三國時代，因為戰爭極為殘酷，各方都極需要有力量的武士、有智慧的謀士，因此領袖們都把目光投向人才。由此，他們卻在思維上產生一個盲點，這就是看不見普通人、平常人，忘記最不重要的人也是人，也有生存、溫飽、發展的權利。在他們心目中，這些人只是數字，不是生命。關羽決堤淹曹軍，獲得全勝，活捉於禁，但淹死多少百姓，這是不加考慮的，對於關羽來說，不重要的人死了成千上萬也不重要。有「人才」的意識，並不等於有「人」的意識。

50 貂蟬的故事，是一個女子身帶巨大陰謀、心懷殺機的驚心動魄的故事。她進入角色之後，抹掉原先的自我，掏乾本真的天性，使出裝、騙、誘、逼各種手段，一切言詞、動作、眼淚、笑容，以及撒嬌、自殺、喜怒等，全是假的。一個美貌女子靠着自己的身段與手段，竟征服了呂布和董卓。可惜她全然不知靈魂的主權和生命中最寶貴的婚姻與情愛的權利。

貂蟬是作戲，但作的只是看得見的戲，而三國各方面的權謀家全都在作戲，但他們的戲看不見，所以更高級。

51 曹操、劉備、孫權都經歷過佔領一座城池、一片土地的狂喜，都為自己擁有雄兵百萬和治有千百個郡縣而享受帝王似的榮光而彈冠慶祝，但他們三人的結局都是一樣的：一是最後都走進墳墓，化作一具骷髏；二是他們的子弟很快就成為司馬氏的俘虜和司馬氏權力指頭下任意撥弄玩耍的小丑。無論是劉禪、孫皓，還是曹奐，都獻出城池土地以換取司馬氏給他們的一條活命，讓他們晚些變成一具骷髏，多過幾天行屍走肉的日子。

52 遍地橫屍，白骨遍野，血流成河，三國豪強們不顧生靈塗炭，浴血死戰數十年，只是為了一頂皇冠。說春秋無義戰，其實，三國更是無義戰。戰來戰去，完全是為了那一個號令天下的寶座。

53 三國的豪強們朝思暮想的是征服城池、征服土地。版圖大小，是生命價值的指標；皇帝寶座，是生命最高的指標。他們揮動千軍萬馬南征北戰，版圖不斷擴大，野心不斷膨脹，指標不斷上升。可惜，在凱旋與慶功之中，在征服城鎮的同時，他們也毀滅了生命中的本真本然，埋葬了那些原有的誠實、質樸和人間性情。於是，讀者看到的三國勝利者，全是胸膛充塞野心的權術家，個個都是道德、心靈的失敗者。

54 《孫子兵法》確實了不起，但它是兵法，不是國法、家法、人際法。因此，老子才要在《道德經》中提醒：「以奇用兵，以正治國」，把兵法與國法儼然分開。可是，三國中人把兵法泛化到一切領域，人人都是兵，個個不厭詐，權術、詭術、心術用到人性最深層，所以才有劉備擲阿斗於地的故事，才有諸豪強們把妻子、女兒、妹妹、朋友全當作戰爭籌碼的故事。一旦把權術詭術引入日常生活與人際關係，人性的墮落就不可避免。

55 皇帝自稱天子，自然是替天行道。挑戰皇帝的反對派，也打着「替天行道」的旗號。「替天行道」，是最高的道德理由，佔領道德制高點，便可為所欲為。於是，替天治天下的帝王們可以焚書坑儒，可以誅殺九族，可以設「東廠」、置酷刑、興文字獄。於是，替天造反的英雄們可以為了逼朱同上山，把四歲的小衙內砍成兩段；可以為了逼盧俊義上山，在大名府屠城，全城百姓「死傷過半」；可以為了安道全上山，殺了李巧奴一家（儘管是妓家）等，一切均屬天經地義，符合天理。天矣天矣，數千年來，多少人以汝之名，行竊行盜行騙行兇行無法無天之道。

56 東漢後期，政治腐敗到極點。一個個皇帝都不像樣。恆帝、安帝、靈帝、順帝算是少年（十一歲至十五歲之間），其他的幾個（殤帝、和帝、沖帝、質帝、獻帝）均是十歲之下的兒童甚至嬰兒。黨錮事件後忠良殺絕，精英除盡，外戚與宦官進一步把持朝政，朝廷內外一片黑暗。這種皇統正統已是一具佈滿蟲豸的殭屍，中國要得救，只能棄絕這具殭屍。但《三國演義》的作者站在「抑曹尊劉」的皇統立場，把曹操視為奸賊，把維護殭屍皇統的劉備視為救星，從而竭力美化劉備，醜化曹操，改變歷史真相，使歷史發生變質。後代讀者也自然地站在劉備這一邊，以為他維護的皇統皇權是不可更改的什麼寶貝。

57 「雙典」中婦女的地位，用現代概念表述，最確切的可以說是男人的殖民地、殖民身。男子乃是婦女的宗主國、宗主家。夫為綱，妻為目的地位常常保不住，妻子常常變成衣服（劉備語）、變成食物（獵戶劉安所為）、變成貨物（呂布背着女兒去與袁術做交易）等。殖民地沒有主權，只有被奴役、被利用、被殺戮的權利。《水滸傳》的女人潘金蓮、潘巧雲等如同早期的殖民地，更多是被殺戮，

《三國演義》的女人如同後期殖民地，更多是被利用，前後期的功能有所不同，但都是奴隸。

58 從漢武帝「獨尊儒術」開始，漢代乃是「經」統治一切。到了漢末，「經」才被「三玄」（老、莊、易）所代替。隨着玄學取代經學，整個時代的文化重心也從重「德」轉向重「才」。在這文化轉型中曹操起了關鍵性的作用。他利用自己的權力，下求才令，不管原來出身地位如何，唯才是舉。當時傅嘏、李豐、鍾會、王廣等的才性之辯，相當於當代人的才德之辯、「紅專」之辯、血統之辯。曹操支持才性異，把出身（性）與才能分開，哪怕出身於流氓地痞，只要有才能，也可為我所用。《三國演義》所展示的時代，正是一個重才不重德的時代，曹操、劉備雖然愛才如命，但也殺才不眨眼。曹操好色，但離孔子所說的「好德如好色」十萬八千里。劉備雖把「仁義」放在嘴上，但也只有偽道德，即滿口仁義道德，滿心帝王將相。劉、曹、孫等爭霸的各方，都把「才」看得最重要。玩得好，有才沒有德不要緊，但只要善於玩弄權術、心術就行。

59 李逵、武松等《水滸》的一些著名英雄，乃是絕對的禁慾主義者。他們不知道人擁有慾望的權利，本能地認定「慾望有罪」。他們生活在北宋，即生活在「存天理，滅人欲」的大命題問世之前，卻無師自通地成為這一命題的先行者，他們遠離情慾、仇恨情慾、殘酷地懲罰消滅情慾。《水滸傳》塑造了一群禁慾主義暴虐狂，一群「存天理，滅人欲」的絕對化形象。他們可以放掉被俘的頭號敵人高俅，但絕對不放過潘金蓮、潘巧雲。《水滸》在英雄主義的幌子下，把中國的大男子主義推向頂峰，也把血腥的禁慾主義推向頂峰。

60

中國人講「有所為有所不為」，說的是人類道德邊界和道德絕對性。有些事，連惡棍也知道不可以做，沒有討論的餘地。康德對倫理學的貢獻之一，就是說明人之所以成為人（別於動物），乃因人類具有一種人性能力，即聽從內心的絕對命令，去做一些絕對應當做的事，拒絕一些絕對不能做的事。一個孩子掉到井裏，絕對要去救孩子，不愛也得去救，絕對不可以置若罔聞。李逵砍殺小衙內、砍殺狄公村無辜的男女就絕對不可「為」，沒有討論的餘地。

61

作為人，可以理解同胞們對關羽的好感，因為在那個充滿偽裝、充滿欺騙的時代裏，人性深層美好的東西全被戰爭與陰謀卷走，人間再也沒有情義，而關羽保留了最後的情義，他在華容道上寧可犯法，即寧可違反軍令狀也要放走曹操，從而給情義提供了一條出路。

作為學人，則要指出，關羽的義是小義，不是大義，其「義絕」只是對若干朋友的絕對忠誠，不是對人類普遍的愛，因為義中具有巨大的排他性——排斥非盟友、非朋友。是遵循「四海之內皆兄弟」還是遵循「團夥之內即兄弟」？選擇前者，便無法向關羽靠近。一個具有普世情懷的人，他就無法崇拜關羽。

62

孤獨的生命個體，在茫茫的人際煙海中，無依無助，貼近最黑暗的深淵，只好求助靠山。秦香蓮，一個弱女子，就是這樣的生命個體，她沒有法律可依，沒有制度可「靠」，只能求助於包公。在充滿騙子的社會裏，無人可以信賴，人們只能嚮往關羽人格，哪怕犯法（違反軍令狀）也要救援朋友（放走曹操）。中國人的包公、關羽崇拜可以理解，只是在英雄義薄雲天的偉大氣概裏，蘊含的是中國人沒有上帝也沒有法律可以依靠的可憐境地。沒有法律保障的中國人，把清官與義將視為心理靠山和心理救星，於是，包公與關羽便被推上神殿與神台。劉鶚的《老殘遊記》的意義，就在於它第一次打破中國人的心理靠山，提醒中國人必須改變既定的拯救之路。它揭示，這些心理靠山——清官，其設置的道德法庭比貪官還殘酷，他們在廉潔的面具下常常幹着最沒人性的勾當。中國人只有丟掉幻想，建構獨立支持的靈魂和現代的「公道」法制秩序，才是出路。

63

曹操、劉備、孫權，以及與他們同時代的軍閥袁紹、袁術，儘管旗號不同，各有各的理由，但他們都進入一種「共犯結構」，即「共同犯罪」。他們把中國投進了一個燒殺不斷的野蠻狀態，讓戰爭、陰謀、不幸、恐怖佈滿長江黃河上下的這片偉大的土地。從外部說，在他們爭奪天下的半個多世紀裏，中國人喪失了日常社會秩序，沒有生活。從內部說，中國的人性發生空前的變質，沒有誠實。盧梭曾說，人性不會倒轉。但在三國時期，中國的人性發生了巨大的倒轉現象，人格發生分裂，心靈塞滿心機，智慧變成權術，英雄變成陰謀家，整個時代的人性圖騰只有一種，便是面具。歷代史學家只看見三國時中國土地的大分裂，但沒有看到中國人格的大分裂。

64

武松砍了潘金蓮的頭，又挖出她的心肝五臟，然後設置祭壇祭奠武大的亡靈。此時，如果武大有知，看到的是最傷心慘目的景象，兩個最親的親者，一個成了屠夫，即劊子手；一個成了祭品，即犧牲品。

其實，水滸英雄攻打祝家莊的戰爭和三國時代無數的戰爭的功能都一樣，其龐大的戰爭機器，都在製造兩種基本產品，一種是屠夫，一種是祭品。

65

《水滸傳》的故事到了二十世紀末變成了電視劇中「該出手時就出手」的歌聲。李逵、武松等確實出手不凡，但常常出手太狠、太毒、太殘忍，太沒道理。武松在鴛鴦樓一出手，砍殺十五條人命；李逵一出手，把無辜的女子剁成肉醬；楊雄一出手，把妻子的五臟六腑全掏空而懸掛樹上。《水滸傳》的可怕恰恰是不該出手時常出手，一旦出手固然也征討腐惡，但也往往濫殺無辜。李逵等的出手，只憑情緒，沒有理性。但願電視劇《水滸傳》的出手呼喚，不要帶來新的恐懼。

66 老子《道德經》說「天地不仁，視百姓為芻狗」，這一命題到了「雙典」，則是「天地不仁，視女子為豬狗」。《三國演義》中劉安殺妻如同殺豬狗牛羊招待劉備只是一種象徵，李逵殺狄公莊的青春女子以「消食」，武松殺潘金蓮，楊雄殺潘巧雲，張順殺李巧奴，顧大嫂入祝家莊時對所有女人格殺勿論，全是視婦女為豬狗。他們和以屠宰為職業的屠夫不同之處，是屠夫殺豬宰羊，並無快感，而李逵、武松殺戮時卻有快感。從「雙典」的文本中，可以看到中國文化負面中最黑暗的一頁。

67 人天生具有慾望的權利。慾望的權利便是生活的權利。「三言二拍」以文學的方式肯定人的基本權利，《金瓶梅》也以文學的方式展示慾望的形態，對慾望沒有善惡判斷。《水滸傳》則對人的慾望設置最殘暴的道德法庭。武松、李逵、楊雄都是宣佈判處慾望以死刑的法官，而且兼任最殘暴的劊子手。如果說革命是剝奪剝奪者，他們則是剝奪非剝奪者。那些具有人性慾望的女子都是非剝奪者。她們並不危害社會和傷害社會。

楊雄和石秀這對異姓兄弟一起屠殺潘巧雲和迎兒，把潘氏的心肝五臟挖出來並掛在樹上，展示了人性史上罕見的黑暗的一頁。這一頁，是中國極端大男權主義和革命英雄主義相結合再與小生產者嫉妒心理相混合的產物。中國的男權主義，不僅被制度化，而且被暴力化。被制度化，儒者有責任；被暴力化，則是造反英雄們的「創作」。

68

雙典中的女性多半是物不是人，她們雖有人的功能，如性慾、生育等功能，但主要是呈現「物」的功能。在物功能中又有三項很特別也很奇怪：（一）「食物」的功能：獵戶劉安為了招待劉備，宰了自己的妻子，充當「狼肉」；（二）「祭物」的功能：武松砍了潘金蓮的頭還挖出她的心肝五臟，作為大哥武大亡靈的祭物；（三）「動物」的功能：《水滸》中的顧大嫂是見一個殺一個的獸物，《三國》中的貂蟬、孫夫人等則是政治馬戲團裏的高級動物。

69

《水滸傳》中的扈三娘，可算是作者和宋江的理想女性了。有美貌，有武藝，還有一個最重要的特徵，是可操作性。她沒有靈魂的自我認同，也沒有意識到女性人生最寶貴的權利乃是愛情與婚姻的權利。她服從革命領袖的指示，只充當一個善於作戰的銳利武器和遵守紀律的馴服工具，在宋江的安排下她嫁給手下敗將、愛吃人肉的王矮虎王英，不僅沒有怨言，壓根兒就沒有語言。這種不會說話但有力量的武器，是最好操作的理想武器。

70

人類中的「忍人」，是離禽獸最近的人。所謂忍人，就是喪失不忍之心的人。孟子講人與禽獸的區別只有「幾希」（很少），人禽之別最根本，是人有「不忍之心」——不忍去殺人、吃人、傷害人。也就是說，不忍之心是人性的發端，又是人的第一標誌。但《水滸傳》中的許多英雄，如李逵、武松、楊雄等，卻把婦女的身體拿來剐殺，挖出她們的心肝五臟來泄憤，不僅忍心，還從中感到快活，心滿意足。可是，中國讀者歷來都把忍人當作英雄。

71

面對三國令人戰慄的權術心術，總是想起甘地，想起曼德拉、馬丁·路德金等，想到政治其實也有另一種大道，另一種遊戲方法：和平的，透明的，非暴力的大道。雖有鬥爭，但沒有鈎心鬥角；雖有較量，但沒有陰謀詭計；雖有方法，但沒有卑鄙的手段。人類世界最深的黑暗，是權術輻射出來的黑暗。最深的黑暗隱藏在最深的陰謀詭計之中。

72

讀透三國，才明白三國乃是三個假人國。劉備是假人，曹操是假人，孫權也是假人。全是戴面具、玩面具、比面具。三國文化，是面具文化。有面具才能生，有面具才能贏。連代表最高智慧的諸葛亮也得戴面具。劉璋的失敗，就是因為他誤以為劉備是真人，看不穿劉備的面具。董卓為什麼灰飛煙滅，就因為他以為那個美麗絕倫如同仙子的貂蟬是真人，沒看穿她的面具。曹操屢次上當，也誤認為劉備、龐統、黃蓋等是真人，上的是面具的當。

寫作《雙典批判》，其實是在寫作招魂曲。中國文化的魂，是一個「誠」字。仁、義、禮、智等，都是誠所派生。誠能通神，誠是中國的上帝。可是，到了《三國演義》時代，「誠」字喪失殆盡。剩下的只有假人、假言、假面。誠被偽所取代，智慧被權術所變質，單純的情義被團夥的盟約所偷換，所有大人物全是戴面具的大壞蛋。全都沒有完整的人格，沒有真實的內心，沒有透明的契約。對權術的批判，乃是對誠實的呼喚。魂歸來兮，這個魂就是「誠」。

73

在水泊梁山上，誰是最高的法官？不是首領晁蓋與宋江，也不是軍師吳用與術師公孫勝，而是李逵。他不僅最善於打殺，而且最憎恨女色，後者使他佔有了道德制高點與道德審判權。他誤認宋江搶走劉太公的女兒，就砍倒杏黃旗，想當場劈掉宋江，大義凜然。誰接近女色，誰就低人一等，領袖人物也是如此；誰遠離女色，誰就有真道德，誰就是真英雄，真法官。李逵一旦執政，實行的第一主義，一定是禁慾主義，其專制，也一定是最黑暗的剝奪女性生活權利的大男權專制主義。

74 李逵等梁山造反者，在「替天行道」的旗幟下，宣稱慾救生民於水火，扮演的是「救主」的角色，可是一旦進入拯救過程，則不分青紅皂白地無情砍殺。攻打大名府時濫殺全城百姓，連職業劊子手蔡慶也看不過去，求助柴進制止殺戮。此時的救主是原先的劊子手。此時的魔鬼是替天行道、正殺得痛快的「救主」。《水滸》中的許多英雄就在「救主」與「魔鬼」這兩種角色中不斷轉換。

75 智取生辰綱之後怎麼辦？對於生辰綱這種不義之財怎麼處置？大約有三種方案：一是分贓，即參與搶劫的兄弟私分；二是分散給天下窮苦兄弟，即劫富濟貧；三是充公，把生辰綱交給國庫。晁蓋、吳用採取第一方案，只是私分，並無濟貧也無處充公。後來宋江攻打祝家莊，實際上是劫取生辰綱的擴大與延伸，也發生取了不義之財後怎麼辦的問題。也是三個方案的選擇。宋江的進步是分了一部分「救濟災民」，大部分還是按斤論兩分給兄弟。西方的盜似乎比較簡單：盜就是盜，不懂得「劫富濟貧」這種冠冕堂皇的「盜」理。

76 《三國演義》描寫戰爭，所有的智慧都用於如何把對方消滅掉。數百年來，中國讀者欣賞這種智慧，但看不到戰場內外，特別是在籌劃戰爭的帷幄之中，種種所謂智慧，都把人從人的深層結構中毀掉。所有的決策者只熱衷於權術，熱衷於陰謀，於是，在殺人放火的同時，也毀掉人的誠實，人的正直，人的質樸。三國時期，心機心術覆蓋全中國，表面上看，是白骨蔽於野（曹操詩），從深層看，則到處是人心的屍體與殘骸，前者看得見，後者看不見。而中國人的人心乃是從後者全面走向黑暗的深淵。三國時期，人心險惡到極點。環境險惡，人心更險惡。連最美的青春女子貂蟬，也佈滿心機，在施行美人計時竟可以做到計謀天衣無縫，以致老謀深算的董卓也敗在她的手下。貂蟬尚且如此，更不用說爭奪天下的主要人物了。曹操說「寧教我負天下人，休教天下人負我」（第四回），一句話泄露了全部心機。在白門樓上，呂布被曹所俘，生死之際，曹操想聽劉備一句話，此時的劉備，一言可以給呂布打開一條生路，但劉備發出的一言卻把呂布打入地獄。呂布通過轅門射戟救助過劉備，但劉備深知此人將是自己爭奪天下的障礙，也顧不得舊情。人心的險惡，正是人心只知算計，不知其餘。

77

在曹軍的包圍中，趙雲孤身死戰，保護糜夫人與阿斗殺出血路。在千鈞一髮之際，糜夫人為了讓趙雲減少負累，讓他全力救出阿斗，便帶着負傷之身，毅然投井自殺，以自身的毀滅成全丈夫的事業。趙雲突圍後見到劉備時喘息而言：「糜夫人身帶重傷，不肯上馬，投井而死，雲只得推土牆掩之。懷抱公子，身突重圍，賴主公洪福，幸而得脫。」說完雙手把阿斗遞予劉備。這時劉備接過阿斗，擲之於地說：「為汝這孺子，幾損我一員大將。」（第四十二回）

這一段重要情節，劉備只有一句話，一個動作，完全沒有注意亦完全不在乎趙雲特別說到糜夫人為他和阿斗而死——為他後繼有人而捨身拯救「幼主」。在他心目中，糜夫人不存在，根本不值一提。中國的許多「大丈夫」都如劉備，只有事業的野心，沒有情分的良心。

在《三國演義》中，婦女不存在，或者說，婦女不被視為人的存在，而是物的存在。這之前，張飛在呂布的偷襲中丟了一個小沛，致使甘夫人與糜夫人陷在城中，為此，張飛拔劍自刎，劉備向前抱住，奪劍擲地說：「古人云：『兄弟如手足，妻子如衣服。衣服破，尚可縫；手足斷，安可續？』」（第十五回）妻子如衣服，婦女只是物，劉備在緊急中透露出重大心靈信息。三國的英雄們，無論是劉備還是曹操、孫權，或是呂布等，都把女人當作物。或當作貨物（政治交易品），或當作器物，或當作動物。最受器重的美女，如貂蟬、孫尚香（孫夫人），便是政治馬戲團裏的動物，沒有人的靈魂主權，也沒有人的內心世界。

78

以暴易暴，是《水滸傳》所宣揚的暴力合法性理由。「智取生辰綱」之所以合法，乃是以暴劫暴，以暴取暴。蔡知府等貪官污吏剝奪民脂民膏，屬第一暴力；晁蓋等七雄搶奪民脂民膏屬於第二暴力。造反原理，說到底是以第二暴力取代第一暴力的原理。第二暴力本是不得已，它是為了制止第一暴力，而不是第一暴力的延伸與發展，可惜，《水滸傳》提供的卻是第二暴力崇拜，全書的最大潛命題乃是第二暴力天然合理。

79 《三國演義》把偽裝術推向巔峰，出現了偽裝三絕：一是劉備在與曹操「煮酒論英雄」時的裝傻；二是諸葛亮在周瑜死亡弔唁會上的裝哭；三是司馬懿在曹爽權力下的裝病。三者均裝到無懈可擊，沒有任何破綻。一有破綻，就會陷入危險。因為他們的表演不是在日常生活場合，而是在極為險惡的生死搏鬥場合。因為裝成功了，才有蜀國與晉國。

80 說中國傳統文化只是「人肉的宴席」，過於激烈，但它的確指涉一部分真理。在雙典中就具體展現了三種人肉宴。第一種是張青、孫二娘夫婦開的人肉黑店，連武松也險些被吃；第二種是李逵的人肉酒席，小說記錄李逵製作黃文炳肉醬的過程：「便把尖刀先從腿上割起，揀好的就當面炭火上炙來下酒。割一塊炙一塊，無片時，割了黃文炳，李逵方才割開胸膛，取出心肝，把來與眾頭領做醒酒湯。」第三種是王英王矮虎的人心醒酒湯。宋江就險些被吃。小說寫道：

當下三個頭領坐下，王矮虎便道：「孩兒們，正好做醒酒湯。快動手，取下這牛子心肝來，造三分醒酒酸辣湯來。」只見一個小嘍囉掇一大銅盆水來，放在宋江面前；又一個小嘍囉卷起袖子，手中明晃晃拿着一把剜心尖刀。那個掇水的小嘍囉，便把雙手潑起水來，澆那宋江心窩裏。原來但凡人心，都是熱血裹着，把這冷水潑散了熱血，取出心肝來時，便脆了好吃。那小嘍囉把水直潑到宋江臉上，宋江嘆口氣道：「可惜宋江死在這裏！」

三種人肉宴席都因為出自英雄之手而被忽略和原諒了。

81

《水滸傳》展示了一個永遠循環套：反抗惡，必須訴諸惡；反抗暴力，必須訴諸暴力。宋江想擺脱這一循環套，走上招安之路，結果又被引入新的暴力之路。

任何暴力必將陷入不可避免的永恆的惡的循環中。人類要擺脱這種絞肉機，只能勿以惡抗惡，勿以暴抗暴。

82

用徹底的語言説明《三國演義》乃是地獄之門，才能從內心深處與三國中人劃清界限。與《三國演義》劃清界限，便是自救的開端。

83

殺人沒有任何心理障礙，沒有壓力，沒有猶豫，沒有徘徊，而且還有快感與自豪感，如武松還理直氣壯地在牆上寫道「殺人者武松也」，如李逵還快活地拿人肉下酒痛飲，等等。這是水滸英雄的特色。一個人，一個民族，到了殺人沒有心理障礙，吃人沒有心理壓力，那就真正暢通無阻地返回動物界、禽獸界。

84

所有的人都會看到三國時代國家分裂、中華民族面臨着最深重的社會危機，但少有人看到那個時代是中國人內心最為分裂、人格最為破碎、道德最為墮落的時代。那個歷史時節，社會的高層，政治集團的頂層，很難找到完整的人格。梟雄們想去統一領土，但沒有人想去統一人格、統一內心。

85

中國的韜晦之術，是一種藏身之術。《三國演義》告訴讀者，此術的要義在於一個「深」字，即藏得愈深，事業就可幹得愈大。司馬懿的成功，就是韜晦的成功，深藏的成功。儘管曹操很早就發現他有「雄豪志」與「狼顧相」，但還是被他蒙混過關。他最後篡奪政權時裝病也裝得天衣無縫，此人一旦從深處出籠，便如潛龍跳門，一發而不可收。《三國演義》的權術，不僅多樣，而且「深刻」。

86

《三國演義》你死我活的鬥爭，暗示一條政治規則：會裝，才能成功，愈是會裝，成功率就愈高。呂布比劉備有力量，但缺少劉備那種偽裝的本事，結果一敗塗地，自己還上了斷頭台，曹操雖有權術，但偽裝能力不如劉備。煮酒論英雄時，他就被劉備矇騙。那個時代，說真話有危險。彌衡這個書呆子，就死於說真話。曹操借黃祖之刀殺了他，不讓他再說話。楊修聰明之極，但他不知聰明過人的危險，尤其是不知「聰明蓋主」的危險。結果，他也被曹操所殺，死於不懂得裝傻裝糊塗。

87

在《三國演義》的智者群中，首席智人是諸葛亮，他的智慧達到頂峰，偽裝術也達到顛峰。知道周瑜死時，最高興的是他，笑得最開心的是他；但裝出最悲痛的也是他，哭得最傷心的也是他。裝的水平不同，諸葛亮的假哭，其水平可使東吳的魯肅深為感動，覺得瑜亮之爭，錯在周瑜。諸葛亮的偽裝，厲害之處是能裝到入化的程度，即假相沒有任何作假痕跡。諸葛亮雖特別，但並非不可企及，許多中國的政治人物也都擁有成熟的偽裝之術。「假如當年身便死，一生真偽有誰知」，他們的偽裝技巧，水平都是很高的。

88

在充滿凶險的三國時代，人頭隨時可能落地。在險惡的環境中，面具比鐵甲更為重要。鐵甲可以防範明槍暗箭，面具則能使人安全並使人走向榮華富貴之門。當時打天下，光靠刀槍箭矢遠遠不夠，還得靠面具。劉備、關羽、張飛的結盟，是情感契約，又是面具與力量的結合。如果沒有劉備的面具，關、張的刀槍是打不了天下的。當時歷史舞台上的主角，個個都是戴面具的政治生物。

89

劉備、諸葛亮入川，招降了猛將馬超。馬超武藝高強，剛勇無比。如果從「國家利益」的大局着眼，關羽只能是一百個高興，可是，他卻偏偏不高興，偏偏產生嫉妒之心，甚至想和馬超比一高低、決一雌雄。這種「老子天下第一」的心態，乃是關羽的致命傷，也是導致他走向失敗的性格弱點。在生死存亡之際，在極為險惡的戰爭環境中，戰友之間還會產生如此的嫉妒之心，可見人性惡是何等根深蒂固。

90

《三國演義》以兄弟結盟開篇。可是，劉備、關羽、張飛的結義（「不求同年同月同日生，只願同年同月同日死」）只是個人的盟約。表面上看是「約」，實際上只是「意願」，並非社會契約。盧梭所著的《社會契約論》，也譯為《民約論》，這是公約公法，與桃園結義的私約私願完全不同。盧梭在《社會契約論》的第六章說明：「我們每個人都以其自身及全部的力量共同置於公意的最高指導之下，並且我們在共同體中接納每一個成員作為全體之不可分割的一部分。」盧梭還聲明，公約的共同體乃是由全體個人的結合所形成的公共人格《社會契約論》中譯本，[2] 參與公約的人就叫作公民。

桃園結義的盟約正是以個人意圖取代社會契約，以團夥取代社會，以團夥的組織原則代替公民的義務與權利。中國歷史上所缺的不是無條件的個人意願與團夥

2 盧梭，何兆武譯：《社會契約論》（台北：唐山出版社，1987），頁26。

組織原則，而是有條件的、對整個社會負責的社會契約。因此中國的現代法治的社會建構，就得從告別桃園似的兄弟之盟開始，然後進入社會契約。用契約意識代替江湖義氣，便是現代文明的曙光。

91 姬金鐸先生的《韋伯傳》把韋伯對親情倫理的批評，概說得非常準確。傳記一段寫道：「韋伯在《經濟與社會》這部著作中曾經把社會關係分成兩種，一種稱為公社型關係（communal），另一種稱為社會型（social）關係。所謂公社型關係就是人們在主觀情緒的基礎上建立的關係，不管這種情緒是基於情感還是出於傳統。所謂社會型關係是人們出於合理的利益的考慮，或在某種有意義的承諾基礎上建立的關係，不管這些考慮是基於對絕對價值的合理判斷，還是出於利己的動機。韋伯把宗族關係看作是第一類關係的典型。這種建立在血緣、親屬關係之上的宗族組織是與合理化的現代經濟關係格格不入的……在宗族關係的基礎之上產生出的倫理觀念必然具有雙重性質，即對待與自己親近的人是一種倫理態度，對待外界的人則又是一種倫理態度。這就形成了對外與對內兩種完全不同的辦事原則和交往態度。在圈子以內，是完全不講經濟利益的互利互助的，對外界則可坑蒙拐騙無所不為……由這種雙重倫理還可以進一步形成一種雙重人格，這種雙重人格以兩種截然不同的道德準則行事。中國古代所講的義利之辯就帶有雙重倫理的色彩。[3]

3 姬金鐸：《韋伯傳》，（石家莊：河北人民出版社，1998），頁96。

韋伯對中國的親情倫理必然造成雙重道德準則和雙重人格的思想，是我們觀看《三國演義》的極好參照系。桃園結義講的兄弟倫理（親屬倫理的變種），乃是意圖倫理，不是責任倫理。前者強調動機，後者只講效果。前者只對兄弟負責，後者卻對全社會負責，所以前者有內外之別，後者無內外之別。建構現代社會，仰仗前者自然是永遠建不成的。

92 無論是《水滸傳》中的「義」，還是《三國演義》中的「義」，其致命弱點是缺少愛與關懷的普遍性。從倫理主義角度上說，它無普世之愛，只有團夥之愛；從歷史主義角度上說，它無社會責任感，只有兄弟責任感。義的圈內圈外，具有天淵之別。圈內圈外兩種倫理，兩種尺度。佛與禪講無分別心，義卻有大分別相。愈是靠近三國、水滸中人，離佛愈遠。

93 三國時代，沒有全社會認同的普遍契約，只能依靠朋友的承諾。但是承諾往往不可靠，即使最權威的承諾如「一言九鼎」也未必可靠。於是就指望生死連結的義氣，以團夥契約代替社會契約。其實，這些契約的可變性很大，隨時都會變質。在有法制的社會裏，生存技巧肯定會貶值，義氣也會貶值。

94

三國時期的道德是畸形的，除了對「義」特別敏感之外，對其他的道德品格均缺乏敏感。特別是對誠實、正直、善良這些人類的基本品格更是缺少敏感與敬意。盧梭說：「人類的最大責任是不傷害別人」，三國時對這種最大道德責任沒有敏感，相反，那時歷史平台上的主角想的完全是如何去傷害別人與消滅別人。當時，一面是智慧發展到最高峰，一面則是道德走向最低谷。中國的生存智慧也只往生存「功夫」的方向發展。權術、心術、詭術，均有功夫，但無境界。王國維說有「真情」才有境界，而權術、心術、詭術恰恰沒有真誠。

95

曹操借王垕的頭平息軍憤，既不講道德，也不講道理。明明是自己的錯，卻推給別人，這是不道德；明明是王垕執行命令，卻說他違反軍令，這是不講道理。三國時的霸主，為了實現自己的霸業，都不顧道德與道理。

96

曹操認為當時亂世中的英雄只有他與劉備，而不是孫策之流。但繼承孫策霸業的孫權後來也割據東南一方，成為對抗「天下英雄」的強大敵手，成為三分天下的豪傑。宋代詩人辛棄疾非常佩服孫權，並作詞禮讚道：「天下英雄誰敵手？曹劉。生子當如孫仲謀。」那麼，這位英雄是靠什麼與曹劉分庭抗禮、龍盤虎踞半壁江山的呢？同樣也是權術，而且同樣也是不惜一切手段把權術推向極致。可與劉備擲子在地的政治遊戲相媲美的是孫權則可以把自己的親妹妹當作實現「吞吐天地之志」的籌碼，這不也是「包藏宇宙之機」嗎？辛稼軒畢竟是個詩人，太單純，以為孫權可做後人榜樣。

97 通過《三國演義》，讀者都知道曹操多疑。事實上，那個時代的大人物都有多疑症，連最有智慧的諸葛亮也無端猜疑為蜀漢立下豐功偉績的魏延，說他「腦後有反骨」，這純粹是莫須有的罪名。諸葛亮犯的顯然是多疑症。魏延「善養士卒、勇猛過人」，敗郭淮、奪西蜀、擒孟獲、收薑維、射曹操、斬王雙、死張郃、大戰司馬懿、驚退夏侯霸，南征北戰，屢建奇功，特別是失街亭後力挽狂瀾，更是功不可沒。連這種忠勇大將都不信任，真是諸葛亮的大敗筆。這個時代充滿野心，充滿機謀，充滿面具，充滿背叛，連最可信賴的關羽，立了軍令狀也不算數，終於放走曹操。整個時代不可信任，更何況某個部將與文臣。因此，曹操的多疑症是可以理解的。

98 對權力的熱衷與追逐，為權力而戰爭，是三國的時代基調。這個時代舞台上的主角曹操、劉備、孫權、袁紹、袁術、董卓、呂布等，均不約而同地認定有了皇冠就有了一切，於是，他們的全部神經都被權力所抓住，全部心思都用於奪取權力的計謀、機謀、陰謀之上。權力激活了他們的智慧，也麻木了他們的心靈，以致他們對殺人、吃人等生命毀滅現象全都無動於衷。獵戶劉安殺妻招待劉備，劉備沒有譴責，曹操聽了還感動得嘉獎劉安。吃人已讓人驚訝，獎勵吃人更讓人驚心動魄。

99 文壇玩詞藻，政壇玩權術，這是魏晉的風氣，錢鍾書先生在《管錐編》中批評陸機，說「機以詞藻為首務，風氣中人也」。借用錢先生的概念，可以說，三國中人都是風氣中人，都是沉醉於權力與權術的風氣中人。那個時代，玩弄權術的風氣覆蓋一切，有的玩儒術，有的玩法術，有的玩陰陽術，有的玩縱橫術，有的玩美人術。當時的「知識分子」都去充當政治謀士，玩的也是權術。於是，文士、謀士、術士三者角色很難分開，但都是風氣中人，潮流中人。像徐庶那種走出風氣與潮流，決心隱身於山林農舍之中的只是個例。

100 周滅商的理由是道德理由。推翻紂王的理由也是他沉湎於女色與酒色。然而，史家卻忽視商代比周代更自由，周所消滅的是一種比周更自由、更寬鬆、更符合人性的生活方式。周朝發佈了禁酒令，僅此法令就不知剝奪了多少日常生活的樂趣。水滸英雄殺戮婦女也是道德理由。《水滸傳》中最有人性的故事是宋徽宗通過地道去私會妓女李師師，可是，如果李逵執政，他要討伐宋徽宗的第一大罪可能正是這一條。

四大名著的精神分野

文學批評與文化批判

對於《三國演義》、《西遊記》、《水滸傳》、《紅樓夢》等中國四大名著的人物和情節，大家都耳熟能詳。這四部傑出的中國古典小說文學作品流傳甚廣，對中華文化和中國人有着巨大、深遠的影響。就審美形式而言，四大名著都堪稱經典，但按精神內涵而言，卻可以分為兩本好書、兩本壞書。

我們評價一部文學作品，主要看兩個方面：一是精神內涵，二是審美形式。審美形式是指作品的藝術水平，精神內涵是指精神方向，所有作品都是用這兩個尺度來看。文化批判不是純粹的文學批評。如果從文學批評角度來說，這四大名著都是好作品，都堪稱經典。《水滸傳》和《三國演義》兩部作品從藝術上來說都很高明。《水滸傳》中一百零八個頭領各有性格，這一點很了不起。會寫小說的人，一個人一個樣，一個人一種性格，很厲害；不會寫小說的人，千人一面，千篇一律，寫一千個也沒有用，關鍵是要寫出個性來。《水滸傳》就寫出來了，所以它是文學經典。胡適就很推崇《水滸傳》，說它是非常好的文學作品，他是從審美形式上講的。那麼，從審美形式上來看《三國演義》，它也是很了不起的文學作品，把中國人的勾心鬥角、爾虞我詐寫得透徹極了，還有它的戰爭場面也寫得非常出色。

假如不是從文學批評的角度上看，而是從文化批判的角度，即精神內涵看，那又是怎樣呢？精神內涵是指心靈方向、人性方向、文化方向、精神境界等。這四部名著的精神內涵天壤之別。《紅樓夢》和《西遊記》是非常好的作品，《三國演義》和《水滸傳》卻可以說是壞書。這並非武斷，我寫了《雙典批判》，便對《三國演義》和《水滸傳》作出批判。為什麼說它們是壞書？中國有兩個地獄之門，中國人怎麼樣入地獄呢？就是通過《三國演義》和《水滸傳》走入黑暗的地獄，最黑暗的地獄是人心的地獄，這兩部書就是中國的地獄之門。《西遊記》和《紅樓夢》卻是中國的天堂之門、自由之門，完全不一樣。既然四部作品有天壤之別，那麼籠統地說四大名著就有危險。如果從精神內涵上來說，「四大名著」的提法並不準確，太籠統，必須分清，不要混為一談。

為什麼選擇四大名著來討論呢？因為四大名著影響太大了，從經度、緯度上看，都有非一般的影響力。從經度上也就是從縱向的角度上講，它不僅影響上層，而且影響底層；不僅影響統治者，而且影響平民百姓。從緯度上看，它不僅影響學校，而且影響社會；不僅影響社會，而且影響人心；不僅影響意識層面，而且影響潛意識層面。四部經典正在造就中華民族新的文化性格，我很崇敬魯迅先生，他早於三十年代就發現了這一點。他為葉紫的小說《豐收》作序時說道：「中國人為什麼那麼喜歡《三國演義》和《水滸傳》？因為中國本身就是一個『三國氣』、『水滸氣』很重的國家。」這話一針見血，「三國氣」、「水滸氣」就是中國國民性，潛意識。中國早在五百年前元末明初時就開始接受了《三國演義》和《水滸傳》，接受以後，又加劇了國民劣根性。因此，現在中國到處都是「三國中人」，到處都是「水滸中人」。我一看到電視劇就很害怕，電視劇說「該出手就出手」，怎麼出手啊？李逵一出手把四歲的小嬰兒小衙內砍成兩半。我們現在「該出手就出手」的氣魄更大，一出手貪污就幾千萬、幾個億。

我還想說，這四部名著的影響已經超過舊的四書，即超過《論語》、《孟子》、《中庸》、《大學》；也超過現代革命經典「馬恩列斯」（馬克思、恩格斯、列寧、史太林），更超過什麼尼采、薩特、福柯、海德格等。為什麼影響如此巨大呢？因為這四部名著不需要中介，大家都自動接受，講《論語》、《孟子》還需要老師或別人來講解一下，甚至還有「注釋」作為中介。讀四部名著無需「中介」，也無需「革命」的強制。過去需要靈魂深處鬧革命、文化大革命，把「馬恩列斯」這些東西灌輸到心靈。四大名著不需要灌輸，不需要革命，也不需要中介，人們自動、自願、自覺地接受這四部小說的一些思想、理念。常常聽到人們說哪個黨、哪個領袖在統治中國。其實不對，一百多年來，表面上中國好像是受慈禧太后、袁世凱、蔣介石、汪精衛、毛澤東統治。實際上，從思想層面上講，真正統治中國的就是《三國演義》和《水滸傳》，因為從袁世凱到毛澤東，他們都接受《三國演義》和《水滸傳》。從根本上說，是四部名著在統治中國，教育界常討論該培養什麼樣的人。有一點可以肯定的，就是絕對不能培養「三國中人」和「水滸中人」，因為《三國演義》是陰謀、詭術、心術的大全。《水滸傳》是暴力造反的指南。如果學校培養出這種人，那麼學校教育肯定失敗了。

心靈分野：機心凶心與童心佛心的分野

為什麼不能培養這種人呢？那就要談談四部小說的精神分野了。四大名著的第一個分野就是心靈分野。《三國演義》充滿機心，它是中國心機、心術、計謀的大全；《水滸傳》則充滿凶心，這兩部小說沒有童心和佛心。童心和佛心在什麼地方呢？在《紅樓夢》和《西遊記》裏，作品主人公的心靈就是童心和佛心，和另外兩部完全不一樣。《西遊記》怎麼表現童心和佛心呢？《西遊記》的童心主要由孫悟空這個形象呈現出來，佛心則主要由唐僧表現。《西遊記》和《紅樓夢》兩部小說有個共同點，就是佛光普照，佛教的慈悲精神覆蓋整個作品。《西遊記》的孫悟空充滿童心，童心即赤子之心、混沌之心。莊子說人要守持一點混沌，就是說有些東西不要開竅。如對權力、財富、功名不要開竅，這是童心、混沌之心。《紅樓夢》也有童心，佛心，主要由主角賈寶玉呈現。賈寶玉既有童心，也有佛心。

有些朋友不大同意我對《紅樓夢》的評論，跟我討論：「你是不是對賈寶玉評價過高了？他是貴族子弟、紈褲子弟，遊手好閒，怎麼評價這麼高？」我說：「我講述的不是他的『形』，而是他的「神」，即他的心靈。他的心靈很純粹，對權力、財富、功名永遠不開竅。」在賈寶玉的心目中，這世界上不僅沒有敵人，而且也沒有壞人，甚至也沒有假人，什麼人說的話他都相信。劉姥姥胡扯：「我們那邊雪地上冒出一個小姑娘，後來死了，我們把她放到廟裏面去了。」他深信不疑，第二天就趕緊和他的夥計一起到廟裏找，根本沒有這個人。還有襲人騙他說：「我哥哥嫂嫂要我回去」，賈寶玉很緊張，信以為真，說道：「你不能回去的。」襲人說：「你如果不讓我回去，就得答應我三個條件。」一二三，他全答應了。他根本想不到世上還有什麼壞人、什麼假人。《紅樓夢》裏最壞的人應該是趙姨娘，可是賈寶玉從來沒有說過她一句壞話，他心目中根本就沒有壞人。他跟曹操的心靈正好相反，曹操的心靈是什麼？用他的名言說：「寧教我負天下人，休教天下人負我。」賈寶玉則是「寧可讓天下負我，而我決不負天下人」。

賈寶玉對人的態度最重要是我如何對待天下人，而不是天下人如何對待我，天下人如何對待我並不重要。」他的父親冤枉他，把他打得半死，他對父親仍然非常敬重。父親冤枉我、打我，那是父親的問題，可是我必須敬重父親，這是我的責任，我的精神品格。人往往有一些不好的生命技能，例如仇恨、嫉妒、算計、報復等，賈寶玉沒有這些生命技能，他是心靈純粹的人，他的這種心性對我個人影響很大。這讓我聯想到對待祖國也應當一樣，祖國就是父親，不管祖國對我好還是不好，我都不計較，最重要是我自己如何對待祖國。對祖國的山川、土地、社稷、同胞、文化永遠都要無條件地愛。因此，我從來沒有「我愛祖國，祖國不愛我」的怨氣。祖國愛不愛我，那是祖國的事，可是，愛祖國，這是我的責任，我的品格。賈寶玉呈現出的這種童心、佛心基本上就是愛一切人、寬恕一切人、理解一切人。

閱讀《西遊記》要注意一點，它有一個師徒結構，就是童心加佛心的結構，有此結構，全書的思想就變得很完整。《西遊記》很了不起，我正在研究此書，過去受文化大革命影響，對唐僧有點誤解，以為他很愚蠢、很傻，分不清妖怪這些東西。其實，唐僧的心靈高度善良、慈悲，他對妖怪總是有一個「非妖非魔」的假設。先妖假設妖魔不是妖怪，這樣才不會冤枉人，才不會誤殺生命，才不會踐踏不殺生的原則。殺生是會殺錯的，他怎麼辦呢？孫悟空，你說這是個妖魔，你還沒證明它是個妖魔，所以我不信。他的假設很像西方法庭的無罪假設，這其實是非常重要的，無罪假設是防止誤殺無辜，一種善性。佛心主要講四個心，即慈無量心、悲無量心、喜無量心、舍無量心。慈無量心、悲無量心是同情心、悲憫心；喜無量心就是說不管哪個人的成就，我們都會為他高興，不會嫉妒；舍無量心就是我有什麼東西都可以施捨給社會、獻身給社會。唐僧四心俱全。

精神分野：權力意志與自由意志的分野

第二個精神分野是權力意志與自由意志的分野。《三國演義》和《水滸傳》是「權力意志」；《西遊記》跟《紅樓夢》是「自由意向」，「意志」這兩個字是從德國哲學那裏借用的，「意志」就是驅動力、衝擊力。因此，尼采認定生命的本質就是『權力意志』。」可是《西遊記》和《紅樓夢》不講「權力意志」，只講「自由意志」、自由精神。兩者完全不同。《三國演義》寫的是三國時代，那真是英雄輩出的時代，也是「英雄意志」。磅礡生長的時代，四百年的統一，到了三國時候開始分裂，將近一百年。

其實，中國最強盛的時候是漢朝，並非唐朝（唐朝吃喝玩樂太多，所以喜歡女子長得很胖）。真正強大的時候是漢代，但是到了三國時期，即漢末其實已經開始分裂，只是那個英雄氣還在。可是，當時的「英雄意志」轉化成「權力意志」，「權力意志」又變成「最高權力意志」，什麼是「最高權力意志」呢？就是龍位，天子位，統治權，皇冠，英雄們為此不惜一切，即使生靈塗炭、血流成河也在所不惜，非常可怕。三國的英雄變質了（中國的英雄觀念如何變質其實可以寫一本很好的書），從《山海經》一直到《三國演義》完全不同。《山海經》的英雄很純粹，具建設力，不破壞，也不殺人。到了《三國演義》、《水滸傳》，他們的英雄全都是殺人英雄，完全變了質。後來到了宋代，是聖賢時代，不是英雄時代了。「英雄意志」

就變成「權力意志」，只為了皇冠，《水滸傳》其實也是這樣子。《水滸傳》說替天行道，其實也是為了龍位，為了最高的統治權力。李逵說得比較乾脆：大哥（指宋江）談什麼招安，我們應該去奪他的梟位。像李逵這種比較激進的革命派，一心要奪取的正是最高統治權。

《西遊記》和《紅樓夢》則完全相反，主角孫悟空與賈寶玉均不追求「權力意志」，但都有「自由意向」，都追求自由。但《西遊記》跟《紅樓夢》又有一個大差別，《西遊記》的前半部，也就是孫悟空被壓到五指山之前半部，基本上是中國個體積極自由精神的一種象徵；《紅樓夢》中的賈寶玉則是消極自由的象徵，一個是積極，一個是消極，並不相同。這個概念源自從俄國流亡到英國、美國的二十世紀大思想家以賽亞·伯林（Isaiah Berlin）的概念，他把自由分成積極自由與消極自由。積極自由是往外爭取的精神，孫悟空在前半段大鬧天宮，都是積極爭取自由，可是他沒有奪取權力的野心，並非齊天大聖，就想佔據「龍位」。他不想當龍王、玉皇，只是表現出積極自由的精神，即只反對一切權威，反對一切權威對我的束縛，這是一種精神的嚮往，反映中國人精神的嚮往，就是蔑視一切權威，爭取積極自由的精神。

閱讀《西遊記》時，大概會覺得後半部好像在否定前半部，從五指山放出來以後他好像學乖了，彷彿是另一個孫悟空。其實，前後孫悟空仍有一個生命邏輯。前半部（五指山之前），孫悟空體現的是積極自由精神。後半部（到西天取經的時候），孫悟空多了一個緊箍咒。這非常重要，它在說明世俗世界裏的自由，不是我行我素，不是任性，是需要有一種制約和限定的。緊箍咒很了不起，使得師徒結構更緊密，即自由需要限定，唐僧就代表一種限定的精神，不許隨便殺生、殺人的。賈寶玉也是追求自由，但他基本上是一種消極自由。什麼是消極自由？消極自由是迴避的自由，也就是不向政府、上帝爭取自由，而是迴避科舉、迴避他人指揮的自由。我在中國內地一直爭取三個自由，其實都是消極自由。第一個是「獨立」的自由，就是不依附的自由。說知識分子要像毛依附着皮，依附黨派，我認為不一定，我不依附哪一塊皮，我就是獨立。獨立就是不依附的自由。第二個是沉默的自由，不表態的自由，哪怕我很贊成你，但一表態就失去我的尊嚴了。第三個是逍遙的自由，就是不參與的自由，文化大革命時並沒有逍遙的自由。那麼，賈寶玉要求什麼自由呢？要求不參與科舉的自由，這是最重要的。「我並沒有反對清政府，也沒有反對父親，既沒有反對國家的專制，也沒有反對家庭的專制。我只是迴避，不參加科舉，行不行？但不允許，家庭給他很大的壓力，「權力意志」跟「自由意向」完全不同。

境界分野：功利境界與天地境界的分野

最後就是境界的分野。「境界」這個詞由王國維先生的《人間詞話》拈出來以後，對文學、文化批評影響極大，真的是個劃時代的貢獻。過去的文學批評不懂得看境界的，到了王國維先生的《人間詞話》出來以後，我們要看境界。人與人的區別，書與書的區別，名著跟名著的區別，最大的區別就是「境界」的區別。《孟子》也講「境界」，講「人禽之辨」，人和禽獸的分別；「義利之辨」，義在先，還是利在先；「王霸之辨」，就是境界之辨。後來馮友蘭先生又拈出四大境界，即「自然境界」、「功利境界」、「道德境界」和「天地境界」。我覺得馮先生「自然境界」的命名不夠好，應該命名為「動物境界」或者「生物境界」比較好，因為很容易混淆，《道德經》就把「自然境界」看得很高，《水滸傳》裏的李逵可以說是生活在「動物境界」，不分青紅皂白排頭砍去。這是禽獸行為。這個英雄有兩個特色，第一是喜歡殺人，第二是不近女色，他恰恰是最低的「動物境界」，隨便殺人，很凶殘。《水滸傳》和《三國演義》都是在「道德境界」的「功利境界」，英雄們都把「利」放在首位，什麼時候都首先考慮自己的利益。

《三國演義》和《水滸傳》也講義，宋江把「聚義堂」後來改為「忠義堂」，《三國演義》講桃園結義，都是義。其實，他們的義極端的功利性，都是假的義，不是真的義。中國的義本來是很好、很純粹的。例如，伯牙與鐘子期是好朋友、知音，彼此沒有什麼功利可言，沒有任何利益可考慮。我就是你的知音，我欣賞你的音樂，「我說你好，我沒有什麼利益打算的，我就覺得你真的是很好」，就是純粹。可是，到了《三國演義》，義就變質了，他們桃園結義的時候說，不是同年同月同日生，但要我們同年同月同日死。生死結義幹什麼？要圖大業，這「大業」就是要爭皇位。賽珍珠（Pearl S. Buck，即布克夫人）把《水滸傳》翻譯成英文，魯迅先生批評她把《水滸傳》名字翻譯成「四海之內皆兄弟」，認為不對，因為《水滸傳》並不把四海之內當兄弟，只是一百零八將裏的人才是兄弟；一百零八之外的並不是兄弟，隨便可以吃掉、殺掉，所以他們的義也是假的，沒有愛的普遍性，沒有義的普遍性，可見義已變了質。

《西遊記》和《紅樓夢》的境界又是什麼？它們不僅是「道德境界」，而且是「天地境界」。「天地境界」怎麼解釋呢？中國人講天人合一，「天地境界」就是天人合一，比「道德境界」更高。「天地境界」講大平等、大自由、大慈悲、大悲憫，比人間的道德論更高。《紅樓夢》一開始讓賈雨村談哲學，他不把人分成大仁大惡兩極，這是「道德境界」，他說還有超越大仁大惡的人，而且大仁與大惡之間的地帶還有很多人。《好了歌》看似很簡單，其實很不簡單，意義相當深刻。實際上有個天地境界，是從天眼來看世俗的社會。他覺得世人很可笑，「世人都說神仙好，唯有金錢忘不了」，所以「天地境界」其實也是「神性境界」，不是物性，也不是人性，是神性。

《西遊記》的「天地境界」更加清楚，前面說的無罪假設、非妖非魔的假設，就是一種「天地境界」。從天上看來，凡被人稱為妖魔的它都給了一種分析、一種同情，就是大慈悲、大悲憫的境界。在《西遊記》裏，妖魔也有出路，觀音菩薩在《西遊記》講了一句非常精彩的話，她說菩薩跟妖魔只是一念之差而已，一念之差就變成妖魔，一念之差就變成神仙，所以很多妖魔實際上是神和佛的弟子、僕人、坐騎變來的。因此，凡是有來歷的妖魔都不殺，這是《西遊記》的「天地境界」，只要你放下屠刀，立地成佛就可以了，這是最大的寬容，這種「天地境界」非一般「道德境界」可比。舉例說，豬八戒原來是天上的天蓬元帥，因為調戲嫦娥，所以被貶到下面來了凡間。可是，只要他誠心向佛，只要他誠心改過，唐僧還是把他收為弟子，讓他一起去西天取經。只要放下屠刀，可以不計前愆，立地成佛，是一種很大的寬容，天地的境界。沙僧也是這樣，沙悟淨原來是捲簾大將，打破一個玻璃（其實是個玉佛）被貶下來了。他在河裏當妖怪，後來也是唐僧超度了他，挽救了他，只要你不再當妖怪就可以當我的弟子了，這也是很寬厚、很寬容。這就是「天地境界」，跟《三國演義》完全不同。

為什麼要批判《三國演義》呢？這只是我的切身感受有關。文化大革命時，我在社會科學院，後來清查「四人幫」才知道「四人幫」在指揮社會科學院一派的時候，曾經提出決勝的三個指示：一是政治無誠實可言；二是結成死黨；三是抹黑對手。我聽了很害怕，後來查來查去，想來想去，原來出自《三國演義》。《三國演義》就是這樣，完全無誠實可言，誰最能撒謊，誰最能偽裝，誰的成功率最高。結成死黨則是桃園結義，在義的名義下，結成死黨；抹黑對手則是對曹操拼命抹黑。《三國演義》的曹操跟歷史上的曹操不是同一回事。《三國演義》的毒害實在太深了。後來衍生厚黑學，就是做生意要成功，臉皮要像劉備那麼厚，心要像曹操那麼黑，可見流毒之廣泛。將四大名著分成兩部好書、兩部壞書，一起分析，這是我個人人文研究的收穫，就是發現了兩道地獄之門和兩道天堂之門：《三國演義》、《水滸傳》和《西遊記》、《紅樓夢》。今天我對四部小說提供另一種讀法，供大家參考。

「人生悟語——劉再復新文體沉思錄」
已出版書目

卷二　紅樓悟語
ISBN: 978-962-937-436-5
130x210mm • 420pp

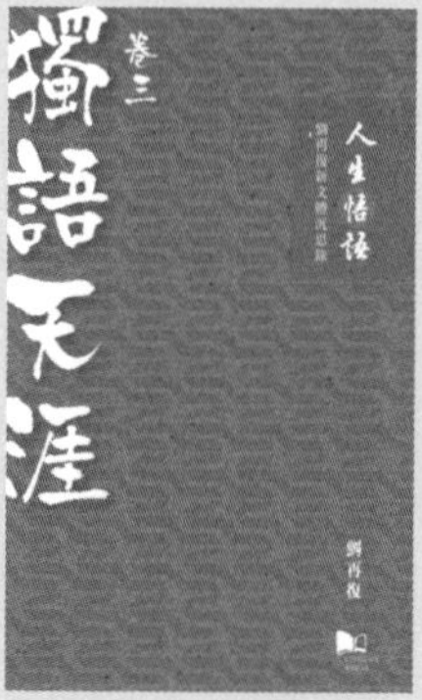

卷三　獨語天涯
ISBN: 978-962-937-437-2
130x210mm • 284pp

卷四　面壁詩思
ISBN: 978-962-937-438-9
130x210mm • 260pp

卷五　共悟人間
ISBN: 978-962-937-439-6
130x210mm • 424pp

「人生悟語——劉再復新文體沉思錄」
限量套裝（一套五卷）

卷一　三書悟語
卷二　紅樓悟語
卷三　獨語天涯
卷四　面壁詩思
卷五　共悟人間
ISBN: 978-962-937-440-2